Paul Gisi
Gisianische Kaprizen
Briefe an Ludwig

Bibliographische Information der Deutschen National-bibliothek. Die Deutsche Nationalbibliothek verzeichnet diese Publikation in der deutschen Nationalbibliographie, detaillierte bibliographische Daten sind im Internet über http://dnb.dnb.de abrufbar.

© 2023 Autor: Paul Gisi, op.135
Umschlagbild Ludwig Weibel
Herstellung und Verlag:
BoD – Books on Demand, Norderstedt
ISBN 9783735757722

Paul Gisi

Gisianische Kaprizen

Inhalt

Milchstrassenstaub

13.1.2022

Lieber Ludwig

Mein Gedichtbuch „Milchstrassenstaub das unbekannte Zeitmass" hat nun nur 48 Seiten anstatt 52; ich löschte die Kurzbiografie, die ist hinlänglich bekannt, setzte unters letzte Gedicht (in 10 Punkt) einfach Homepage- und E-Mail-Adresse.

Ich bitte Dich dann zu kontrollieren, dass das Buch wirklich auf Seite 48 aufhört (die leeren Seiten fand ich überflüssig).

Mario Andreotti antwortete mir flugs, er fügte seine Antwort ROT in meinen Brief hinein. Das gefiel mir.

Das BoD-Büchlein habe ich bereits korrigiert, es gab nur allerkleinste Korrekturen. Du hast alles perfekt in die Verlagsform gebracht, dafür danke ich Dir sehr herzlich. Es wird jetzt wohl fehlerfrei sein, huch, doch ich werde morgen alles nochmals ganz genau lesen (damit, sprachlich gesehen, wirklich kein Haar in der Suppe ist).

Heute war ich in St. Gallen, druckte auf marmoriertem Papier Gedichte für Marco aus (ach, warum schrieb er mir gestern ein sooo liebes SMS?), kaufte auch zwei Bilderrahmen, einen gebe ich ihm, den zweiten hänge ich bei mir auf. Ich schicke Dir bei Gelegenheit per Post meine Gedichte an Marco.

Das Leben kann schön sein!

Ich danke Dir, Ludwig, für Deine Arbeit für mich; Du – und alles – erfreuen mich zutiefst.

Liebe Grüsse Paul

14.1.2022

Lodovico I.

Ich lege Dir ein paar meiner allerneusten Gedichte bei –
im Zuge der neuen lyrischen Einfachheit. Ich erhole mich
von den verschlungnen Wirrnissen und Stürmen der
letzten Zeit in einer neuen Klarheit des *Sagens*.

Ich wünsche Dir herzlich einen schönen Abend.

Dein Paul

Es gibt
keine Gefahr
für dich
du bist
hinter meinem Lid

*

Ich danke dir
Möwe
dein Schrei
hat mich ermutigt
weiterzugehn

*

Schön
wie ein Fächergewölbe
dein Satz

*

Der Ziegenbock
findet
das Dasein
gar nicht
so schlecht
obwohl er
dauernd meckert

*

Die Zeit
um Murmeln
und Sterne
zu zählen
kommt nicht mehr

*

Abends
sassen wir
zusammen
und glaubten
wir hätten uns

8

Als es
im Kopf
zu donnern begann
verzog ich mich
in den Schutz
einer Wasserrose

*

Was kriecht
zu meinen Füssen?
eine Schlangenschleiche?
ein Gott?

*

Ich stelle
einen Wegweiser
fürs *Nirwana* auf
er zeigt
direkt
in deine Mitte

*

Es gibt
so viel zu tun
zu sagen
ich lache

*

tagsüber
verstanden

*

Wir hätten
einander
retten können

*

Die Fische
wissen es längst
was uns
niemals
einfallen wird

*

Das Gleiche
ist anders
ohne Ursachen
im Wind
der über
deine Lippen
zieht

*

In der Erschöpfung
tanzen
die letzte Herbstblume
küssen
mit dem Mond
sprechen

*

Nackt
wie eine Koralle
in der Karibischen See
wir taumeln
aufeinander zu

*

Dein Puls
eine Supernova
in mir

*

Zutiefst Angst
zutiefst Freude
zu leben
mit Teleskopaugen

die wechselnden Formen
sehen
den Atem
vor einer Rose
anhalten

Lieber Ludwig

Mit diesen Gedichten, die mir diese Nacht zutrug,
begrüsse ich Deinen Morgen. Ich schrieb viele, sehr viele
Gedichte, ich kam nicht mehr dazu, alles aufzuschreiben,
es brauste und sauste atemlos, das ganze delirierende
Universum besuchte mich, doch ich hielt sprachlich alles
in Grenzen, hielt «schöne» Adjektive zurück. Ich klopfte
den Eingebungen auf die Finger, hielt meisterlich alles
(Sprach-)Überflüssige zurück. Kunst ist AUSWAHL der
Mittel. Der «poetische Einfall» ist des Argen.
(«Ekstatische Nüchternheit» ist Vonnöten.)

Ach, mein armer Marcel! Mein Herz blutet.

Es grüsst herzlich

der verwundete Paul

                                                    15. 1.
Lieber Ludwig

Ich lernte heute den Rorschacher Bildhauer Patrick Benz
kennen, er hatte neben dem Würth-Gebäude eine
«Heimspiel»-Freilicht-Ausstellung. Wir hatten ein gutes
Gesprächlein.

Ich schrieb ihm:

«Was für eine überraschende Unerwartetheit, bei klirrender Kälte auf Deine «Heimspiel»-Freilicht-Bilderausstellung gestossen zu sein – : Deine Bilder beeindruckten mich sehr, eine grossformatige duale Monochromie, in sich ruhend und dynamisch weit ausgreifend in fisteligen Bewegungen, geheimnisvoll in der Exaktheit. Herrligg!»

Vielleicht freuts ihn.

Heute wurde es mir warm ums Herz mit Marcel, er zauberte ein Essen hin, kochte gleichzeitig in seiner Wohnung und bei mir. Wir hatten es ein paar Stunden sehr schön miteinander.

16. 1.

Meinen leichtgewichtigen Flimmergedichtchen flogen ein paar neue hinzu. Mich beglückt ihre «Unwichtigkeit». Bei jedem Gedicht hätte ich mehr sagen können, doch ich tats nicht – und das gerade ist der (künstlerische) Pfiff.

Ich wünsche Dir herzlich einen schönen, guten Sonntag.

Herzlich grüsst

Paul

Ich lebte
volle
fünf Leben
jetzt kommen
unaufhaltbar

die nächsten
fünf
dran

*

Ich grüsse dich
lichtscheuer Hutpilz
auch wenn ich selbst
keinen Hut trage

*

Ich bleibe
versteckt
in der Kithara
solltest du mich
hören
dann bin ich
es nicht

*

Der Vogel
als Midinette
im Baumgeäst

*

Über die
Klinkerbeplankung
zieht lachend
der Wind

*

Lass es
gut sein
ob gut
oder nicht

*

Mich freuts
unbekannte Menschen
zu grüssen

*

Du und ich
werden getragen
von den
sich stets ändernden
Wellen

*

Ich weiss nicht
was das ist
das ists

*

Tun wir
nicht so
als wären wir
einander fremd
näher
gehts ja
gar nicht mehr

*

Das Leben
ist derart
versteckt
dass nicht nur Blinde
darüber stolpern

*

Ja
nein
vielleicht
hören wir auf
zu plappern
überlassen wir
alles Wichtige
dem Schweigen

*

Nach
diesem Konzert
weiss ich nicht
was machen

*

Ein Streichquartett
ist nicht
einfacher
als eine Sinfonie

*

Das Lustvolle
der Askese
ist ein Kapitel
für sich
das *ich*

nicht schreibe

*

Die Protuberanzen
in deinem Auge
auf mich
übergreifende Flammen

*

Allerlei einerlei
philosophiert
der Blaumaskengaukler
und schwimmt
davon

*

Uns ist
nur vergönnt
zwei drei Schritte
zu machen
jeder Vogel
misst mehr aus

*

Nach dem Traum
gibts nichts
als die Imagination
der vorbeihuschenden
Wirklichkeit

Lieber Ludwig

Ich danke Dir herzlich, dass Du mir ein paar ganz konkrete Sächelchen aus Deinem Leben mitgeteilt hast; das KONKRETE interessiert mich immer sehr. Es schafft Konturen.

Dass Du dem Restaurant Freihof drei Pendelbilder verkaufen konntest, freut mich riesig. Das finde ich sehr gut, sehr schön.

Wie geheimnisvoll, Deine sekundengenauen sieben-minütigen Nachtdiktate. PHÄNOMENAL. (Das ist eine sehr erstaunenswerte Esoterik.)

Sehr, sehr schön Dein Bild, das Du mir schicktest.

Du überragst in Deinen Schriften den kleinlichen Zeitgeist, der leider dominant ist. Und Deine **Bilder**, ich tönte das schon mal an, finde ich eher noch grösser, weitgespannter; der Kunststellenwert wird in zukünftige Zeiten ausstrahlen. Da vollendet sich wie bei Mozart *Absichtslosigkeit*, da belehrst Du nicht mehr, sondern die Form vollendet sich in sich selbst.

Auf jeden «Satz» kann ein «Gegensatz» gefunden werden, Deine Pendelbilder schwingen sich aus, rhythmisch weit ausgreifend in sich ruhend in den «Gesetzen» des Universums. Das geschieht mit Dir zum ersten Mal in der bildenden Kunst. Gottgewollte Harmonie, ohne dass man das sagen müsste. Zutiefst kann man da nur staunend schweigen und sich berühren lassen.

Burckhardt lese ich zurzeit gern, doch es würgte mich, als ich mitbekam, dass er als Präsident des IKRK den Holocaust niemals verurteilt hat.

Und bei seinem Briefwechsel mit Hofmannsthal, den ich einst mit Begeisterung las, scheint für viele Wissenschaftler der Verdacht da zu sein, dass er manche Briefe Hofmannsthals selbst geschrieben habe, dass sie gefakt sind. Es gibt oft keine Belege, dass sie Hofmannsthal geschrieben habe.

Es ist auch erwiesen und belegt, dass er manchen bekannten Zeitgenossen Zitate in den Mund legte, die diese niemals gesagt haben. Das Leben eines Diplomaten baut sich immer auf Lügen und Feigheit auf. (Sonst würde er Pfründe verlieren.)

Das schmälert meine Leselust auf ihn. Seine Erkenntnisse sind manchmal genial, doch oft auch einfach schönfärberisches Geschwafel.

Wo sind E C H T E Menschen, die nicht lügen? (Es gibt sie wohl nicht.)

Wir sehen es jetzt penetrant, wie diese mediengeilen Virus«experten» Stuss mitteilen und sich dabei mästen. Und alle Spitzenpolitiker, Spitzenbankers sind korrupt, kriminell.

Als Lyriker bin ich nicht derart, dies nicht zu sehen. Es ist systemimmanent unmöglich, die politische Karriereleiter hochzuklettern, ohne dass man schmiert und geschmiert wird. Kein Politiker hat eine reine Weste, das ist per definitionem unmöglich.

Als Lyriker bin ich nicht derart weltfremd, dies nicht zu sehen.

Als Menschen sich zu umarmen, da wir ja alle auf diesem Planeten sind – davon sind wir weit entfernt. Es wird nie sein, da der Mensch die Zerstörung in sich trägt.

Du, Lu, hältst mit Deinen Schriften unermüdlich dagegen an, das ist bewundernswert. Darin liebe ich Dich auch. Du bist Botschafter des Guten, akkreditiert vom Sein, von Gott.

Du bist eine absolut überzeugende Welteinmaligkeit.

Dass Gott gut ist und kein Dämon, ist berechtigt zu fragen. Das frage ich mich manchmal. Für Dich gibt es diese Frage nicht, Du bist in Deinem Glauben seins- und gottsicher, Gott als das Gute. Dafür steht Dein ganzes Leben ein. Daran rüttle ich nicht (es wäre Dir auch gleich). Ich bin auch fürs Gute – doch es gibt das menschheitsgesamtlich nicht ausser in der individuellen Liebe.

In der Liebe zu einem Kranken, zu einem Freund, zu einer Freundin. Zu einem ganz konkreten Menschen in seinem Leid.

Manchmal weine, weine, weine ich über das Leid der Welt. Habe grosse Angst um Marcel, der unendlich liebenswert ist und der immer wieder im Finstern versinkt.

Mein neustes Büchlein beginnt mit: *«Ja! zum Leben»*. So soll es sein. Das ist gegen alles mein Credo.

Herzlich grüsst

Paul

Ausschweifen
in der Blütenkrone
des Veilchens
mich mit dir
zu verflechten

Am Abend
noch das Gleiche
zu denken
wie am Morgen
finde ich
überflüssig

Geschichtliche
Grossereignisse
sind bloss
Konfetti
für die Gegenwart

(Notate für «Im dunklen Fischauge das Licht erkennen».)

Lieber Ludwig

Es wird Dich vergnügen – mich vergnügt es auch –, wenn
ich sage, dass Albert und ich uns wieder lange Briefe aus-
getauscht haben. Ha! Im Grunde genommen mag ich
seine Briefe, so wie ich es auch mag, ihm ausufernd zu
schreiben. Er schreibt oft mit einem köstlichen ironischen
Pfiff über seinen Alltag, seine Menschen- und Bücherbe-
gegnungen – seine sehr grosse Belesenheit stösst bei mir

auf offne Ohren, so wie ich es auch liebe, literarisch anspielungsreich ein Trommelfeuer loszulassen.

Hier ein Abschnitt aus dem letzten Brief an ihn:

«Zu Martin Suter kann ich nichts sagen, ich habe noch keinen Satz von ihm gelesen, doch ich bin sehr misstrauisch (habe schon einiges über ihn gelesen). Das mit dem Fussballspieler auch, es sei Liebe auf den ersten Blick gewesen. Das ist medial gekonnt aufgemacht. Ist Martin Suter der W. Somerset Maugham der Schweiz? Vermutlich ist das eine schlechte und keine gute Frage (eine Scheinfrage; sie ist von mir, habe ich nirgends gelesen).»

(Suters neuster Roman handelt von einem Fussballspieler.)

Marco hat mich zu einem Essen eingeladen, er fragte, ob ich «Wildfleisch» mag? Ich lehnte ab, wünschte einfach ein Glas Wein mit Salzstängeli oder Pommes chips. Ich esse so wenig Fleisch, und wenn ich an «Wildfleisch» denke, dreht sich mir der Magen. Ich freue mich riesig, sagte zu auf den Februar hin. Sehe ich dann Bettina, seinen Schatz? Ich kenne sie immer noch nicht, ist wahrlich etwas geheimnisvoll. Ich bringe Marco als Geschenklein wiederum zwei Gedichtblätter in einem Bilderrahmen, das hat ihn bisher immer sehr gefreut.

(Ich schicke Dir zu gegebener Zeit meine Gedichtblätter an Marco postalisch.)

Mein letzter Brief an Dich war stellenweise etwas dunkel, verzeih. «Unendliche Gewitter» (wie mein Erstling 1970 auch heisst) entladen sich – gottseidank – halt immer noch in mir. (Ich möchte es gar nicht gemässigter.) Halkyonische Tage sind wunderschön, doch ich liebe das wilde Sturmgebrause unendlich mehr.

Als Künstler brauche ich die Nachtstrudel, den Mahlstrom, das ist unersetzbar für mein Schreiben.

Ich bin glücklich, Kurznotate zu schreiben, sehr poetische Tupfer MIT gedanklichen Spagatübungen. Diese Mischung ist zurzeit für mich das Beste … Bis jetzt ist es mir vermutlich geglückt, Oberflächliches zu meiden. «Einfaches» muss immer auch sehr komplex sein, darf niemals banal werden. Was in der Welt schon gesagt wurde, ist nicht meine Welt. Dies zu erfüllen ist gar nicht so schwierig, ich muss einfach ausschweifend tief in mich selbst eintauchen, dort finde ich das «Neue» schon. (Doch ich habe nicht immer «freien Zutritt» zu meiner Seele, zu meinen Träumen, die Gunst der inspirierten Stunde muss dazukommen, das ist nicht per Knopfdruck abrufbereit, da spielen viele «Faktoren» mit.)

Meine Kurznotate möchten OFFEN sein auf Imponderabilien hin, sinnlich nuanciert, gedanklich überraschend, rätselhaft. Ich bin kein japanischer oder chinesischer Zen-Buddhist, doch meine «Aussagen» dürfen durchaus zwischendurch paradox, unverständlich oder gar sinnlos sein. Das hat für mich mit Surrealismus zu tun. Auf meine Denkart auch mit dem «Existenziellen». Ich lasse mir einfach von nichts und niemanden dreinreden, was ich wie schreiben darf. (Es muss gisisch sein, basta.)

Jetzt höre ich Donizettis «Lucrezia Borgia» zum wievielten tausendsten Mal? Ich bin immer noch aufgewühlt begeistert!

Donizetti gehört – wie Robert Walser, Mozart – zu meinen jahrzehntealten begeisterten Lieblingen. Rilke liebe ich immer noch, doch seine fast «priesterliche», zuweilen manierierte snobistische Art (besonders in seinen Briefen) geht mir zuweilen auf den Wecker. Da bevorzuge ich den spanischen Lyriker Vicente Aleixandre.

Ich kann noch kaum was sagen, doch ich stelle fest, dass sich bei Marcel Tiefes verändert, ich glaube, zum Guten hin. Er ist immer noch oftmals sehr «schwierig», doch ich beginne, ein gutes Gefühl zu haben. Er ist im Kern ein wunderbarer Mensch, beginnt dieser Kern zu wirken? Da

glaube ich an die guten Kräfte, auch wenn alles noch un-
gesichert ist.

«Ja! zum Leben», das ists doch.

Diese Aussage ist eine Kernaussage meines Lebens,
meiner Lyrik.

Ich freue mich masslos auf meinen *«Milchstrassenstaub»*, ich glaube, ich konnte mich da
künstlerisch auf eine neue Ebene hin entfalten.

Jetzt setze ich alles, was ich kann, für *«In deinem
dunklen Fischauge das Licht erkennen»* ein; danach
denke ich, mit Gedichteschreiben aufzuhören. Ein
Künstler, der nicht sieht, wann er aufhören müsste, ist
eine traurige, peinliche Sache. (Das weiss ich zu
vermeiden!)

Das kommende Ende wird ein Erfülltsein sein. Ich freue
mich, von dieser Welt abzutreten, was *danach* sein wird,
weiss ich nicht, habe hiefür auch keinen Glauben. Das
entscheidet nichts, es ist, wies ist.

Ich bin finanziell auf dem Rumpf. Kannst Du mir was
schicken? Bis zur nächsten Kebs-Zahlung halte ich nicht
durch. Es ist entsetzlich. Ich ersehne den Tod.

Liebste Grüsse
vom Paul

Du kannst mich
nicht festhalten
ich schwanke
meiner Natur gemäss
hin und her

*

Trakl
du bist
mein Bruder
du kannst
immer
zu mir kommen

*

Vorwärts zu mir
rückwärts zu mir
einfach
draufloszutrampeln

*

Supernoven
sind wie Liebesbriefe
die wir
nicht verstehn

*

Sich im Schlaf
umschlingen
sich im Wachsein
umschlingen

Lieber Ludwig

SEHR SCHÖN Dein kleines Gesamtkunstwerk, «Da Ich
in dem wunderbaren Garten wandle fürchte Ich die
Lasten nicht» mit den hiefür symmetrisch fast zu
stürmisch eingerahmten Pendelgrafiken. Alles in allem
aber Balsam für die Menschlichkeit und fürs Auge.

Deine bekennenden Aussagen und Dein BLICK fürs Gute und Schöne sind wunderbar.

Da fällt mir soeben ein: am 14. März kannst Du Deinen 89. Geburtstag feiern. Wir durften uns viele Jahre begleiten, dafür bin ich unendlich dankbar.

Ich «erlebte» Dich immer als «den grössern Bruder», auf eine Art mir weit voraus (obwohl ich auch sehe, dass ich in meinen Freiheiten Dir weit voraus bin). Wir messen unsern Kosmos auf die je eigne Art aus: herrlich!

Du bist auf dem Weg des Geistes auf den Geist hin – auch von dort kommend. Das ist grossartig, überzeugt.

Der Weg meiner Kunst, meiner Gedichte, ist anders: *alle* Kreatur liebend, Liebe liebend, Geisteingeformtes im «Dinglichen», Sinnlichen. Den Menschen nicht «ins Höhere» bewegend, sondern ins «Tiefere» in ihm selbst.

Du hast einen «Auftrag», den Menschen göttlicher zu machen; ich bin ein Lyriker, der vom Leben, wie es ist, singt, darstellend in vielen Perspektiven. Ich versuche das auf meine Art, glaube nicht, dass das «weniger» als Deine Art ist. Es sind Verschiedenheiten (die sich als Parallelen irgendwo im Unendlichen treffen mögen).

Es ist atemberaubend, dass auf vielen, vielen Tausenden von Buchseiten bei Dir eigentlich nichts Sinnliches kommt, sondern nur hochpotenzierter Geist. Das ist ein EREIGNIS der absolut besonderen Art. Ich nahm mir letzthin wiederum Deine «Poesie des Seins» vor: allgewaltiger Geist, keine orgiastische Liebeslust-beseligung (und daher für mich etwas dünn). Du sagst unendlich viel, doch es ist nicht unverwechselbar einmalig individuell *wortbildgestaltet*. (Da und dort wie esoterische Kurz- und Mahnpredigten.)

Und über das Dreizeilenstarre schrieb ich Dir schon, es ist ein Skelett, kaum Organisches. Frei Atmendes.

Ha, lach jetzt einfach, Ludwig, das sind halt so meine Sehensweisen, ich bilde mir nicht ein, dass sie für Dich gültig seien. Du hast eine einmalige Lebensluzidität erreicht, die Jahrhunderte überstrahlen wird.

Dein gigantisches esoterisches Schriftwerk kennt nichts Seinesgleichen, und mit Deinen Pendelbildern, die in ihrer Absichtslosigkeit mozartnahe sind, wirst Du EWIG sein.

Liebe Grüsse aus dieser Nacht – in Deinen Morgen hinein.

Dein Paul

ICH SINGE
        deinen Ozean.. /
                        ..grund
ICH SINGE
        deine Nähe::deine Ferne
                Sternflammen HAUT
                        das SonnenLICHT
                unter deinen Armen
das FISCH//A U G E
        atem-berauscht
                die Melodie der
                wandernden Zunge
ICH SINGE DICH / – in den
                Algenfäden

26

im Traum
der Schmetterlings
blütler
i n t e r s t e l l a r   in deinem Herzen
UND
wenn die Nacht
sich auf/türmt
LACHEN wir miteinander
und singen
wie ein vielstimmiger Chor
ZU ZWEIT

Young captain //.. old friend Marco − :: für dich

Paul der Zackenbarschlyriker 2022

Lieber Ludwig

Danke für Dein Feedback, Deine Rückmeldung zu meinen frühern («Nachtbrand») und späten Gedichten. «Die neuen Kreationen sind ungleich besser», schreibst Du mir. Ich nehme Dein Urteilen gern an. Du findest meine frühern Gedichte «noch etwas naiv». Das darfst Du uneingeschränkt. Mich freut deine Ehrlichkeit, so muss es ja auch sein zwischen Freunden. Ich sage Dir zu meinem grossen Lob, das ich für Dich habe, zwischendurch ja immer auch wieder Sachen, die mir ein bisschen ein Unbehagen auslösen.

Das kommt von den Lebenspositionen her, die man in sich austariert zu meinen glaubt. Nähe impliziert auf der künstlerischen und philosophischen Ebene durchaus immer auch Ferneres. Das hat mit FREIHEIT zu tun. Ansichten, Durchsichten, Einsichten, Meinungen,

Überzeugungen, Sicherheiten, Unsicherheiten, das finde ich ein wunderbares Bukett aller Lebensmöglichkeiten, die nicht per se eindeutig aus sich selbst heraus ein für alle Mal festgefügt sind. Ich bin für eine polyperspektivische Sicht, wellend, wogend, atmend, schwebend.

Wenn ich mein lyrisches Lebenswerk überblicke (hahaa, als ob ich das könnte – nein, ich kanns nicht) stelle ich (für mich) eine überraschende, erstaunliche EINHEIT in der Motivik, in der Bildhaftigkeit fest ... Früher schrieb ich oft vom «Tod», das habe ich bewusst in den späten Gedichten ausgeblendet, das Wort «Tod» «fehlt» völlig. Da änderte ich mich existenziell ZUM LEBEN HIN.

Ich lehnte es jahrzehntelang ab, in der Liebe zu sagen, «ich hab dich so gern, ich würde für dich sterben». NEIN! In der Liebe kann man für den geliebten Menschen nur leben, leben, leben wollen. In allen Jahrhunderten wurde (in der Kunstäusserung) anders gedacht, geschrieben, das ist für mich nicht gültig.

«Unsterblichkeit» ist tief geheimnisvoll etwas «Wahrheitsangenähertes».

Ich werde demnächst in St. Gallen zwei Gedichtblätter für Marco ausdrucken lassen, die ich ihm wiederum in einem Bilderrahmen schenken werde.

Ein nächstes Gedichtblatt im Bilderrahmen, ich lege es Dir hier bei, werde ich Marco auf dem Bodensee schenken, wenn wir zusammen im Sommer bootfahren, er lud mich dazu ein. Das wird ein Fest! (Doch vielleicht kann ich nicht bis dann zuwarten, huihui.)

Ich kann meine Bilderrahmengedichte für Marco iks beliebig ausdehnen, erweitern, ergänzen, kein Problem für mich. Marco sagte mir, «Paul, nur du kannst mir sowas schenken, das macht mich glücklich».

Ich bin, wie er sagte, sein ERSTER FREUND in seinem Leben, das ist für ihn eine neue Erfahrung. «Zudem», fügte er an, «bist du ein Dichter, das ist einfach wundervoll.»

Ha, da bleibt mir die Spucke weg. Herrlich!

Marco und ich haben stets gute Gespräche, doch wir können auch zusammen viel lachen: das ist so schön. Und zwischendurch umarmt er mich einfach, schaut mich an – und lacht. Das ist ein Göttergeschenk.

Ich bin glücklich mit Marco. Erlebe auch, dass er mit mir glücklich ist.

Liebe Grüsse Ludwig.

Paul

Lieber Ludwig

Ich denke mir, dass ein «Angekommensein» bei sich, das verbunden mit ALLEM ist, nur in der Täuschung möglich ist oder in einem lichtflammenden Augenblick. Und mit der «Wahrheit» eines Augenblicks ist es so eine Sache.

Auf gehts
fest umarmt
mit dem Fliegenden Fisch
ins Feuer
der Sterne

Sich der Schönheit
im Mikrobiellen
zu nähern
braucht
viel Geist

Ideen
bedeuten mir
nur etwas
wenn sie
sinnlich sind

Erkenntnis
ist farbtrunken
schillernd
ein Fluss
auf den Abgrund zu

Das sind die letzten *«Einfälle»* für mein neues Buch, an dem ich arbeite. Ich kann und will das «Dunkle», das konstitutiv zu jedem Leben gehört, nicht ausklammern, ich bin kein «Sonntagslyriker».

Du siehst, der Zackenbarsch tummelt sich in einem unendlichen Ozean. Das ist für mich absolut Vonnöten. Den «Teich» in einem Stadtpark überlasse ich neidlos andern.

«In deinem dunklen Fischauge das Licht erkennen» trägt nun den Untertitel *«Einfälle»,* das lässt für mich alles offen, inhaltlich wie formal. Da stosse ich zu einer

neuen FREIHEIT vor, die ich suche, die mir behagt. «Einfälle» gibt's im Traum, in einer lockern Stunde, im Studium, bei Musik und einem Glas Wein, in den schwebenden Zuständen, im Prisma, in schreckhaften Schraffuren, in der Leichtigkeit des Seins.

Pointillistische Lebenserkundungen, derart schreibe ich.

Als «Hintergrund» von all dem stehe ich ein, steht mein Leben ein. Das kann man gewichten, wie man will, Fremdes berührt mich nicht. Ich muss keiner «Instanz» Rechenschaft ablegen, hurraa!

Ich bin, was mir einfällt! Ist das keine kecke Philosophei? «Einfälle» können uuchogge poetisch sein, aber auch deskriptiv, schräg, verwunderlich, umherirrend, ekstatisch, facettenäugig, hämotoxin, indigodunkelblau, diaphan, schlitzohrig, traumirr: die ganze Palette des Lebens, des Denkens, der Liebesannäherung, des Sichverweigerns aller Gängigkeiten gegenüber.

Das ist ein Fanal, ein Leuchtfeuer für mich.

Ich bin glücklich, diese neue «Fahrt» aufnehmen zu können. Ich *sage* mich so, wie es noch nie getan wurde. Das ist Legitimation genug weiterzuschreiben.

Du empfängst auf geheimnisvolle Art Diktate, das sind doch auch «Einfälle», weit genug interpretiert.

(Da sausten wiederum zwei Abschnitte im PC ungespeichert bachab. Schade, es waren zwei sehr gute Abschnitte, ich kann sie nicht wiederholen, finde sie auch nirgends.)

Henu, ich muss ins Bett.

Liebe Grüsse

Paul

Wirklichkeiten (im Plural!) erkunden wie eine Eidechse unter einem Efeublatt, eine Kantilene von Mozart, wie Theseus mit einer Schlange ringen, wie Bacchus lachen, hoffärtige gravitätische Honoratioren hoppnehmen lassen, mit individuellem Widerstand gegen Konventionen und windaufgefrischter Unvernunft KUNST schaffen: es lebe die grenzenlose Freiheit. Das «Bravsein» darf den Dilettanten überlassen bleiben. Die Endivie mit schmalen, krausen, zerschlitzten, ganzrandigen Blättern braucht keinen Fernsehstarkoch in einer dümmlich dümpelnden Unterhaltungsshow, sie **ist**, was sie ist, genügt sich selbst wie ein Sternbild, wie ein Wüstensandsturm. Da gibt es nichts rumzupsychologisieren, rumzuphilosophieren, rumzuinterpretieren. Das Sein in den Farbnuancen der Schlehe, der Brombeere, in den Pfaffenhütchen, der Kornelkirsche ist für den Künstler Geist und GESANG, Abgrund und Aufschwung genug.

Man muss das Leben WEIT, SEHR WEIT fassen, auffassen in den Kapillaren des Weltalls, in den Relikten der Traumtrümmer, im Schwelbrand der Nacht, dann ist alles *offen* für die Gestaltungen der Verwandlung, vielleicht etwas manisch, doch bestimmt auch vogelleicht. GOTT ALS FANGHEUSCHRECKE, da muss es Dich, Ludwig, nicht kräuseln, das ist *dichterisch* gesagt. Und im Dichterischen darf Wahn sein. In der besten aller Künste – in der indigoblauen Unvernunft – verbirgt sich ein Gran Wahn.

Meine Gedanken beziehungsweise meine Gedankenvernetzungen, -verknüpfungen sind sehr ungewohnt, das

32

müssen sie auch sein! (Sonst könnte ich einen Leitfaden schreiben, wie man Schuhe besohlt.)

Längst bekannte Aussagen sind inflationär, wertlos. Es gilt, neue *Einheiten,* Formumrissenheiten, Holüberrufe, Lerchenjubilierendes, existenziell in Mneme Betreffendes einzutauchen, Retrogrades aufzusuchen, s Läbe isch so schön, wenn man es nur ganz lebt.

UND ZU LIEBEN! Liebe ist nichts rührsäuselndes Salonfähiges, sie ist eine URGEWALT, ein taumelndes Erschrecken, eine Apoplexie, eine Parapsis, ein schwarzes Loch, ein Mondgestein, ein Seeskorpion.

(Da sind eigentlich noch fast alle Menschen der Gegenwart geistig gesehen im Kindergarten stecken geblieben, denken wie Tante Emma oder Onkel Alois. Da krümme ich mich vor Lachen.)

Paul der Zackenbarsch

Lieber Ludwig

Heute war ich geistig sehr fromm, ich nahm «Klosterfrau Melissengeist» zu mir, nun bin ich ein paar Schluck dem Himmel und dem Geist näher.

Es wäre eine moralische Pflicht, Donald Trump ins Jenseits zu befördern, denn wenn er wieder gewählt würde, wäre das verheerend für die ganze Welt. Seine Wahlchancen sind leider hoch, denn man muss davon ausgehen, dass zirka die Hälfte aller Amerikaner Wahnsinnige sind, die ihn wählen werden. Das Einzige, was in der menschlichen Evolution fortschreitet, ist die massenwahnhysterische Dummheit. Die Menschheit ist ein planetarisches Fiasko.

Fiat lux – es werde Licht; die Finsternis blieb finster.

In mir verschieben sich Kontinentalplatten, ich weiss noch nicht, was daraus wird.

Liebe Grüsse

Paul

Lieber Ludwig

Eine Zeitlang sah es bei mir so aus, als erlebte ich Marcos Geburtstag am 22. Februar nicht mehr. Doch heute war ich fähig, nach St. Gallen zu gehen, ich musste noch Bilderrahmen haben für die Gedichte, die ich ihm schenke. Das hat geklappt. Zuhause weinte ich lange wie ein Rhinozeros, ich glaube, es geht nochmals etwas weiter … Ich freue mich halt so sehr, Marco bald wieder umarmen zu dürfen, von ihm umarmt zu werden.

Ich kann wohl gut einschätzen zu sehen, was für eine riesengrosse Arbeit Du hast, lieber Ludwig, mit meinen Briefen. Bei irgendwelchen konkreten Problemen entscheide einfach selbst, ich bin schon einverstanden. Ich möchte nicht besser daherkommen, wie ich bin, möchte also auch das Dunkle beibehalten. Doch wenn Dir gewisse Stellen peinlich sind, Du sie für eine Publikation nicht wünschenswert findest, lösche sie einfach, ohne mich zu fragen, ich respektierte das zum Vorneherein, ganz klar.

Natürlich denke ich auch an Kürzungen, ich werde mit meiner Restvernunft situativ entscheiden (hahaa).

(Formal: ich verwende viele, zu viele «noch» und «doch», da werde ich mit dem Buschmesser etwas lichten.)

Gestern schickte ich Mario Andreotti einen langen Brief und in einem Päckchen meine sechs letzten Publikationen, die er noch nicht hat. (Als Amüsement legte ich eine Foto bei, auf der ich mit Kurt Guggenheim in Südfrankreich bin, und die Einladungskarte vom Artemis Verlag zu Guggenheims 75. Geburtstag.)

Ich gedenke eher «sehr mässigend» in meine Briefe kürzend einzugreifen, wenn überhaupt.

Meine neue Freundschaftsliebe zu Marco darf zum Ausdruck kommen, doch auch da denke ich, aus Personendatenschutzüberlegungen ihm gegenüber zurückhaltender zu sein. Doch ich werde die richtige Balance schon treffen, ich mute mir das zu.

Ach meine Beziehung zu Marcel und was letzthin geschah, darüber muss ich nachdenken. Vielleicht sollte ich nicht alles «in die Welt stellen», was meinst Du, Ludwig?

Ich wäre Dir dankbar, wenn Du mir diesbezüglich und überhaupt offen mitteilst, was Du denkst. Ich würde mir das sehr gut überlegen.

Jetzt nippe ich am einem Himbeergeist, der ein Jahr lang in einem Eichenholzfass lagerte: soo gut!

Meine Briefe leben substanzmässig immer wieder von meinen sprachzirkusreifen Selbstinterpretationen und Gedanken zu Kunst überhaupt usw. Das ist gewiss das Beste an meiner Briefart. Meine «Ausfälle» Menschen gegenüber gehören auch zu mir, doch ich werde das etwas drosseln, zurückschrauben – ha, vielleicht bin ich doch etwas milder geworden, hm. Aber ich möchte mich nicht «reingefegt» sehen, das verstehst Du schon.

Aber sage mir deutlich, was Du eliminiert sehen möchtest, oder eliminiere ruhig selbst in Eigenverantwortung, wie gesagt, Du hast meinen Blanco Check des Einverständnisses.

Doch Du kannst die Kürzungen vertrauend mir überlassen, Du hast schon sonst viel zu tun.

Die vielen, vielen Gedichte, die ich beilegte, werde ich nur zum kleinern Teil rauskippen.

Ich freue mich unendlich riesig auf die Korrekturarbeit meiner Briefe.

Und schon jetzt gesagt: Titelvorschläge von Dir sind mir äusserst willkommen. Die Umschlagsfarbe und die Coverbilder überlasse ich gern ganz Dir, es werden ja auch DEINE Bücher.

Du teiltest mit, es werden zwei Bücher zu je ca. 240 Seiten. Und das aus aus zwei Jahren; das ist herrlich fantastisch.

In meinem Buch gibt es auch Seitenhiebe gegen Albert. Ich werde sie nicht eliminieren.

Das Beste bleibt, was ich Dir über mich, über meine Lyrik, über meine Kunstansichten mitteilte und flatterhaft an Randbezirken über die Gesellschaft an sich, ja?

Ich höre gern und gut, was Du sagst, lieber Ludwig. Ich bin nicht «immun» für andere Denkweisen. Ich werde nicht einfach tel quel Ansichten übernehmen, doch was Du sagst, hat bedenkenswertes Gewicht. Du hast einen guten Sinn fürs Leben, bist äusserst erfahren. Das ist mir lieb und freundschaftlich teuer.

Dieses Jahr führt bereits drei Titel von mir – und jetzt kommen noch Briefe an Ludwig. Unerwartet und begeisternd!

Vielleicht gibt es auch in Deinem Bekanntenkreis ein paar Menschen, die sich dafür interessieren, was dieser Lyriker P.G. Dir geschrieben hat, das wäre doch schön.

Alles, was ich (ich wiederhole mich) für diese Briefe machen kann, Datum nach rechts stellen usw., werde ich mit Freude und zuverlässig machen. Überlass das ruhig mir.

Und nochmals: Daten sind unwichtig. Es geht um den BRIEFFLUSS, und der ist gegeben (durch meine vielen Ichs).

Ich bin in allergrössster Erwartungshaltung auf die Briefe (doch es eilt nicht). Diesen in meinen Briefen an Dich wiederzubegegnen, wird ein Fascinosum. Es geschah – denkerisch, fühlend, mitmenschlich in vielen Hochs und Tiefs – wahnsinnig viel. Ekstatisch Schönes, leidend viel Schmerzliches. EIN FASS VOLL LEBEN.

Du bist ein Weiser in Deinem Tusculum.

Herzlich grüsst

Dein Paul

Jaaa – huraaah!

Nun hat es der Zackenbarsch geschafft, seine *«Zackenbarschiaden»* publikationsreif zu machen!

Lieber Ludwig

Ich glaube, Du wirst an diesem Dokument nichts mehr zu ändern haben bis auf die ISBN-Nummer, hoffentlich sage ich nicht zuviel.

Dank Kürzungen und Ergänzungen hat das ganze Buch an Verwesentlichung, Stringenz, Malerei, Ausprägungen gewonnen, denke ich, ohne das Typische dieser Briefe zu ändern. Die Brieflockerheit bleibt bestehen.

Du ermöglichst mir meine *«Zackenbarschiaden»,* Du ahnst kaum, WIE dankbar ich Dir bin.

Du kennst es, dass ich Titel oftmals (und immer mehr) kaum zu fassen fähig bin, im Buch musste ich diese Konfusionen belassen, wusste ich manchmal kaum mehr selbst, welches Büchlein ich meine … Das ist eben auch eine brieftypische Art von mir, alors, ich wusste da keine Klarheit einzubringen. Da also nicht einzugreifen, durfte ich vergnügt stehen lassen.

Wenn man meine Gedanken über mein Schreiben liest, kommt fast die Befürchtung auf, dass ich mich wiederhole, doch es sind Variationen mit leitmotivischen Erkennungsmerkmalen. Zwei, drei Takte von Mozart zu hören und man weiss, das ist von Mozart, ebenso bei Bach, Donizetti usw. Das sind keine Wiederholungen, es ist die unverwechselbare künstlerische Lebenslinie.

Bei Dir ist es auch so, Dein «Sound» bleibt auf Tausenden von Seiten gleich, doch man kann nicht von

Wiederholungen sprechen, es ist sinfonisch immer neu gestaltet in den Variationen, die das Neue ausmachen.

Ludwig, ich übermittle Dir heute Nacht meine «Zackenbarschiaden» auf meinem Natel, da Marcel mein Tablet hat. Ich glaube, das sollte keine Probleme schaffen. Kontrolliere bitte einfach gut – ansonsten schicke ich Dir alles noch vom Tablet aus. Sag es einfach.

Es ist eine Word-Datei mit 160 Seiten. (Ich weiss nicht, ob mein Natel diese Speicherkapazität hat.) Sollte es unsicher sein, schicke ich Dir heute Sonntagnachmittag alles nochmals vom Tablet aus.

Doch ich bin guten Mutes …

Wenn dann das Briefbuch von BoD DA ist und Du es nochmals ganz lesen würdest, käme es Dir ein bisschen wie neu vor. (Doch das ist eine Zeitfrage für Dich.)

Ich habe in die Originalbriefe wesentlich eingegriffen – es musste sein! Aus Diskretionsgründen, aus sprachlichen und inhaltsverkürzenden und -ergänzenden Gründen.

Nun bin ich mit diesem Coup voll einverstanden und freue mich, diese «neue Gesamtheit» zu publizieren.

Mein erster publizierter Brief an Dich ist aus Oktober 2009, mein letzter aus Januar 2022; gut 900 Seiten. Was hab ich da meinem Freund Ludwig nicht alles geschrieben! Und wie hast Du mich in dieser Zeit begleitet und unterstützt! Vor dieser Unfasslichkeit verneige ich mich existenziell DANKEND! Auch in meinen «rumorendsten» Zeiten hast Du mich nicht fallen gelassen, Lebensfreund. Ludwig, ich danke Dir!

Der treffende Titel «Zackenbarschiaden» kommt von Dir, den nehme ich gern an. Nach «Gisiaden» vom zweiten Briefbuchband ist «Zackenbarschiaden» eine «logische» Fortsetzung, doch ich wäre nicht darauf gekommen. Mir gefällt Dein sprachliches auf den «Nagelkopf» Zutreffendes immer wieder sehr.

Alors, schreib mir, ob die Übersendung der «Zacken-barschiaden» geklappt hat.

(Ich habe auf dem PC und auf einem Stick alles gespeichert, es kann also nichts passieren.)

Ich habe viele, sehr viele Stunden mich mit diesem Konvolut abgemüht, um ein Einziges daraus zu machen, was mir geglückt ist; ich sehe gut genug, Du hattest noch einen grössern Aufwand. Nochmals: ich bin Dir sehr dankbar.

Es würde mich interessieren, was Du denkst, dass ich die Originalbriefe um gut zwei Drittel kürzte – und sie dann noch ergänzte auf meine Art. Kannst Du damit leben? Bist Du einverstanden? (Ändern liesse sich das nicht mehr.)

Die «Zackenbarschiaden» sind nun in meiner Hand-schrift aus einem Guss. Änderungen (Kürzungen, Ergänzungen) sind nicht mehr möglich. Plaudite amici, die Würfel sind gefallen.

HERRLIGG, das Schicksal nimmt seinen Lauf.

Ich winke Dir freundschaftlich zu, grüsse Dich herzlich aus meiner Nacht in Deine Morgenröte.

Dein Paul

Tänzerisch klingend

Mit vier Augen
zwei nach innen
zwei nach aussen
der Botschaft der Träume
nachgehen
in mir mit dir
allüberall

Deine Hüfte
eine Seenelke
blumig
tänzerisch klingend
wie ein unbekannter Stern

Das Wort
in Moll
eingefärbt
auf deiner Zunge
findet mich

Ich schrieb Dir einen langen, langen Brief, den kann ich nicht wiederholen. Er ist weg …!

Nun habe ich bald genug vom Scheiss-PC resp. meiner Unfähigkeit.

Ich muss aufgeben.

P.

Ein zweiter und dritter Brief an Dich ging bachab. Jetzt habe ich persönlich genug, das ist Lebenszeitverschwendung. Ich stelle es ein, längere Briefe zu schreiben. Ende Feuer!

Das alles hat nichts mit Dir zu tun, nur mit meiner Unfähigkeit. Doch ein weiteres Mal schreibe ich keinen grossen Brief mehr. Ende.

Es war ein bester Brief, der ist nun zur Sau. Anstatt zu lesen und zu dichten schrieb ich Dir. Ging bachab. Nochmals mache ich das nicht. Es war eine verlorene Nacht, das macht mich rasend.

Alles Gute Dir, Ludwig.

Paul

Mein Herz ist Deinem Herzen nah.

Paul

Fischreiherschlank
dein Körper
im Schilf
der Liebe
leicht taumelnd

Lieber Ludwig

Ich danke Dir nochmals für den guten Zustupf, mit dem ich bitter Notwendiges für die Küche kaufen konnte.

Das *«Zackenbarschiaden»*-Buch ist wunderschön, freut mich. Ich danke Dir nochmals, dass Du diese grosse Mühe gemacht hast. Ich werde demnächst meine Nase hineinstecken und schauen, was dieser Paul Gisi so geschrieben hat (huihui). ((Hoffentlich nicht viel Vernünftiges!))

Jetzt höre ich Mozarts Opera seria KV 87, «Mitridate, Rè di ponto»: wunderbar leicht, beschwingt, melodiös gesponnen, sehr schön.

Mit herzlichen Grüssen

Paul

Lass den Stein
liegen
im Urdonner
beschütze
den Samen
im Morgenlicht

Ich bin
ein Fremdling
zuhause
weiss nicht
wohin mich wenden
weiss nicht
warum ich
nicht aufstehe
und fortgehe
weit fortgehe

Was in der Ukraine geschieht, macht mich fassungslos verzweifelt. Putin, dieses verbrecherische geisteskranke mordende Schwein! Und Menschen, die diese Killerkommandos ausführen. Hunderte, Tausende von

Zivilisten sterben, werden verletzt, Häuser Ruinen gleichgemacht. Putin müsste – wie Trump – erschossen werden.

Wenn ich Biden wäre, würde ich eine Atombombe auf Moskau werfen. Ungeziefer muss vernichtet werden.

Menschen wie die russischen Soldaten haben keine Berechtigung mehr zu leben, muss man ausrotten!

Putin wird noch Nato-Staaten angreifen, das ist sicher. Er ist ein Wahnsinniger. Und dann kann es nichts anderes geben als der dritte Weltkrieg. Das ist der Fortschritt der Menschheit.

Man hört viel, viel Militärstrategisches, Wirtschaftssanktionierendes, kaum ein «psychologisches Wort». Wenn Putin nicht ausgeschaltet wird, schaltet er grösste Teile des Planeten aus. Wer das nicht sieht, ist blind – wie alle westlichen Politiker.

Putin steht mit dem Rücken zur Wand – und wird dadurch noch gefährlicher.

Europa ist militärisch bedeutungslos. Die Nato rauft sich zusammen, doch gegen Putins Nuklearmacht hat sie keine Chance. Letzthin kann nur – wie im zweiten Weltkrieg – die USA Einhalt gebieten.

Und wenn noch China sich erhebt, wird die Menschheit zweitausend Jahre zurückgebombt.

Schade, dass der Planet Erde diese blutrünstige Gattung Menschen hervorgebracht hat.

Pfauenaugenziersalmler, Rotohrfrösche, Paradiesvögel sind bessere Lebewesen als der Mensch. Es gibt

KEINEN Geist, auf den sich der Mensch berufen könnte. Der Mensch hat total versagt. Es wird schlimmer und schlimmer. Es gibt keinen positiven Seinsgeist (oder der ist ohnmächtig verhüllt).

Biden müsste sagen, stopp Putin – und sonst zwanzig Atombomben auf Russland werfen. Die meisten Russen glauben der Kriegspropaganda von Putin, machte also nichts, sie auszulöschen.

Putin spielt mit dem Atomknopf wie mit seinem Schlüsselbund. Da müssten die USA überraschend ganz Russland mit Atombomben zumüllen, bevor es zu spät ist.

Ich bin entsetzt. Kann nicht mehr schlafen.

Friedliche Ukrainer werden massakriert.

Hitler, Putin. Usw.

Weltkünstler wie Anna Netrebko (usw.) sind Putin-hörig. Das sind widerliche Maden, müssten auch ausgerottet werden. Netrebko, dieses Ungeziefer, müsste abgeschlachtet werden. So eine falsche verlogene Nudel, zum Kotzen.

Allerorten nur LÜGE.

In wenigen Stunden muss ich zum Arzt. Wenn ich Diabetes hätte, hiesse das, selbstdiszipliniert das Leben ändern, Blutzuckerkontrolle, Essen-, Trinkgewohnheiten ändern, nicht mehr rauchen und Wein trinken. Ich werde mich natürlich nicht daranhalten, ich steuere gern auf den Herzinfarkt zu. Ich will ja gar nicht mehr leben in dieser Menschheit, die ich verachte.

Lieber Ludwig

Ich fühle einen unbekannten tiefen Meeresstrom in mir, alles wird mir zu einem erotisch befiederten ver- und enthüllenden Schleiertanz, es ist fantastisch neu, was ich da seeklar erlebe, die Lieblichkeit der Unerbittlichkeit packt mich (Koan-nahe gesagt), wattig, diaphan, druidennahfern, waldsalamandrisch, sternfeurig, adagio-ruhig, wortbepelzt. Inundationen, Überschwemmungen, Überflutungen durch Meere und Flüsse, vom Wind geriffelt, in Nacht gebadet, in irrer Sonne durchglüht. Der Atem kennt keine Gründe, er atmet einfach, ist DA, ursachlos, ziellos, wurzelschlagend, blühend, wissend unwissend.

Wie jung
und schön
du bist
Ewigkeit
im Fischauge
in der Minute
des Grossen Schillerfalters
im Beben des Kusses

Hunger nach dem millionenfachen Leben! Nicht ängstlich nach rechts und links, vorne und hinten schauend, sondern einfach seinsflötend, wie eine Scharlacheiche an der Mittelmeerküste singen von Luft und Licht, Meerbrandung und Liebe. Vergärung, etwas zu einem andern werden lassen, substanziell, lustberauscht, ekstatisch, struppig, zottelnd, lachend.

Ich hoffte in dieser Woche auf einen Zustupf von Dir, Ludwig; nun, ich überlebte, wenn auch sehr, sehr kärglich. Macht nichts, ist schon gut. Wie darf ich im März auf Dich hoffen? Eine Mitteilung Deinerseits wäre mir hilfreich für mein Planen. Ich bitte Dich, mir weiterhin zu helfen, nächstes Jahr sollte es endlich mit Ergänzungsleistungen klappen. Doch das sind noch zehn Monate ... Was kannst Du mir dazu sagen?

Ich wagte es noch nicht, meine *«Zackenbarschiaden»* zu lesen, fast habe ich ein bisschen Angst vor dieser Lektüre. Ist schon verwunderlich, ja?

Ich bin krautig verwuchert mit der Lektüre von Thomas Wolfe und Marcel Jouhandeau und Gaetano Benedetti, dem Psychotherapeuten, mit seinem Buch über Träume; ich habe einst an der Universität Basel Vorträge von ihm gehört.

Jetzt arbeite ich an meinem neuen Lyrikband *«Im Fischauge die Welt»,* habe bereits weit über hundert Gedichte, doch das ist zu wenig! (Es wird noch viele, viele Monate dauern, bis ich ihn als beendet ansehe.) Es wird ein grosser Zirkelschlag meines lyrischen Schaffens, weit ausgreifend, sehr einfach und doch wie ein Schlussbild meines persönlichen «Theaters», eine Apotheose, flammenschlagend, ein Fallwind, verinnerlicht im Staub des Lebens, einhorchend ins Schweigen, impulsiv, karmesinrot, vulkanlateral, auch ein bisschen abgeklärt (hahaa). Und pulsierend sinnlich und bildtrunken (auch wenn ich ein paar Gedanken gestatte, Einzug zu halten)!

Ich wünsche Dir, Lu, von ganzem Herzen freund-schaftlich nur Liebes, Gutes und Schöpferisches.

Liebe Grüsse, Dein Paul

Lieber Ludwig

Für meinen neuen Lyrikband *«Im Fischauge die Welt»* schrieb ich heute Nacht ein Vorwort, ich glaube, das sitzt bereits weitgehend in seiner Einmaligkeit.

Ich sende es Dir, wenn ich es überlesen habe.

Nun habe ich gut 130 Gedichte, doch die Fülle muss noch etwas anwachsen. Ich hoffe, in den nächsten Nachtwochen strömen mir Gedichte zu, die ich brauche.

Wie geht es Dir? Mit Deinen Nachtdiktaten? Bist Du gesund? Verläuft annähernd alles so, wie Du möchtest? Ich frage mich immer wieder bang.

Ich war beim Arzt, es ist so ziemlich alles bestens bei mir. Henu. Meine Herz-, Nieren-, Leber-, Milz-, Blut-, Lungenwerte usw. sind allerbestens, es könnte nicht besser sein. Mir fehlte bloss das Vitamin B 12, da gab er mir eine Spritze. Doch das ist ein Kinkerlitzchen. Ich darf also frischfröhlich weiter Wein trinken und meine Arrian`schen Pfeifen rauchen.

Ich brauche halt mein «Umfeld» mit Wein und Pfeifen, um Gedichte zu schreiben. Das geht nun toll weiter. ICH SINGE. (Ich hätte mich natürlich von einem negativen Arztbericht niemals einschränken lassen.)

Wie «verarbeitest» Du die Kriegssituation? (Ein halber Schritt vor dem dritten Weltkrieg?)

Ich bin sehr gut informiert über alles (Militärstrategische in der Ukraine), mag aber jetzt nicht darauf eingehen. Wie bist Du informiert? Und wie nimmst Du Stellung? Oder weichst aus?

Ein Luftwaffengeneral der Nato glaubte nicht, dass Russland in die Ukraine einfallen würde. Und nun das! Nun glaubt er nicht, dass Putin ein Nato-Land überfallen werde, z. B. Polen, was für ein Idiot. Der dritte nukleare Weltkrieg hat begonnen. Das weiss ich als Lyriker.

Paul

Der Mensch ist schlimmer als ein Teufel, Fluch, Fluch, Fluch über diese Bestie. Zum Glück kennen wir kein anderes Gestirn mit einer derart grausamen Natur, wie es der Mensch ist.

Da kann nur noch die Atombombe aufräumen. Auf den Kreml. Hoffentlich bald!

Der demente Biden schnallt nichts mehr.

Es ist der Vorabend des dritten Weltkriegs.

Schade für den Planeten, dass es den Menschen gibt, dieses Geschwür, diese Hämorrhoiden.

Jeder Mensch möchte den andern ermorden. Es gibt Ausnahmen, doch die sind selten. Liebe ist nur ein hohler Wahn, in Ausnahmesituationen kann es anders sein.

Bringen wir uns um. Das ist Politik.

Es gib nichts Schlimmeres als einen Menschen – ausser zwei Menschen.

Ich habe Brechreize über den widerwärtigen, tödlich schiesswütigen Menschen.

Hallo lieber Ludwig, wie gehts?

Ich sass heute am See in der Sonne.

Nur Liebes und Gutes wünsche ich Dir von Herzen.

Paul

Lieber Ludwig

Du übernimmst die Rechnungen von Ex Libris, da bin ich sehr froh. Da ich sie Dir wohl etwas spät schickte, kam heute die Mahnung. Kannst Du sie in diesen Tagen begleichen? Ich wäre Dir sehr dankbar.

Gesundheitlich bin ich angeschlagen: Kniearthrose, brennend heiss zuckende Füsse, schwere Beine, Rückenschmerzen, der Hausarzt gab mir eine Spritze, gestern musste ich notfallmässig zum Zahnarzt: grosse Zahnschmerzen, riesengross schwammig geschwollene Backe.

Ich hoffe, ich komme aus all «diesem Zeugs» wieder raus, sonst zeichnet ist ein mühsames Altern ab.

Drückt natürlich auch auf die Psyche.

Liebe Grüsse

Paul

Lieber Ludwig

Jetzt höre ich Bruckners «Grosse Messe» f-moll, die mich tief ergreift.

Lese Gedichte von Christine Lavant, die wie aus «der Kraterlandschaft des Menschseins kommen», sie gehören zu den ungeheuerlichsten der deutschen Sprache, doch selbst für mich zuweilen fast etwas zu «inbrünstig». (Aber ungleich besser als der zeitgenössische lyrische Sirup.)

Es ist für mich unersetzbar schön, an einem neuen Lyrikband zu schreiben, jetzt eben «Im Fischauge die Welt». Das hält mich am Leben. Und zu überblicken, dass NIEMAND auf der ganzen Welt jemals so geschrieben hat wie ich, das ist halt schon etwas, was mich freut.

Albert und ich haben uns ein paar sehr lange Briefe geschrieben. Prosa kann er ungleich besser als ich schreiben. Seine Sprache ist grossartig, *inhaltlich* grenzt er zuweilen ans Gewohnte; ich kontere mit eher verblüffendem Inhalt, dafür darf meine Sprache stilistisch nicht immer ganz so gut sein. Das ist doch eine Balance, na?

Ich hoffe, Deine Gesundheit ist derart gut, dass Du Deinen Nachtdiktaten stramm zur Verfügung stehst, tagsüber bildpendelst, Reinschriften in den PC haust undundund.

Und bald huckelt der Frühling näher, so dass Du wiederum in Deinem Garten zu tun hast. Ich bin dann schon froh, wenn ich das Geld für zwei, drei Erdsäcke zusammenbringe , um dann mit Marcel zusammen ein paar Balkontöpfe mit Blumenknollen oder -samen in

Schwung zu bringen. BlumenFARBEN begeistern mich bis zur Ausgelassenheit!!

Nach langem Hinundherüberlegen komme ich zum Schluss, dass ich das Vorwort (inzwischen leicht modifiziert) zu meinem neuen Lyrikband bringen werde, es ist in seiner gisischen Denk- und Spracheigenwilligkeit inhaltlich für einen offenen Geist ad notam dennoch nachvollziehbar und kann ein klein bisschen erklärend hilfreich sein zum Verständnis – von mir, von meinen Gedichten.

Mit «Im Fischauge die Welt» erschaffe ich einen ganz neuen Kosmos, das ist das Wunderbarste.

Wenn ich mein Gesamtwerk aus letzter Hand zusammenfügen könnte, würden fast alle Gedichte aus meiner Frühzeit verschwinden, aus meiner mittleren Zeit nähme ich vieles, aus meiner Spätzeit alles. So.

Und alle Widmungen für ein *ganzes* Büchlein würden verschwinden (ausser jener an Dich in «Ausgebrannte Erleuchtung», die mein ganzes Leben lang gültig bleibt!). Eine Widmung für ein einzelnes Gedicht darf existentiell jahrelang überleben, doch für ein ganzes Büchlein geht das im Grunde nicht, da verändern sich die Präliminarien. Leben, Lieben, Widmungen sind keine Konstanten, sondern den Witterungsunbilden, dem Witterungsumschlag, den wechselnden, sich verändernden Strömungen unterworfen.

Ludwig, machst Du mir «Im Fischauge die Welt» für BoD? Es wird noch ein paar Monate dauern, da ich noch mehr Gedichte brauche, die schwerer und schwerer zu schreiben werden.

Dann möchte ich **wirklich** zu publizieren aufhören, nur noch etwas Krimskrams für den Nachlass (den es bei mir nie geben kann) notieren (wenn überhaupt).

Mit «Im Fischauge die Welt» erreiche ich, wie ich meine, nochmals einen persönlichen inspirierten lyrischen Höhepunkt, doch ein Künstler, der nicht sieht, wann er «abtreten» muss, ist etwas Peinliches. Das wird mir nicht geschehen. Da kann ich mich selbstanalytisch gut einschätzen. Voilà.

Leitmotivisch habe ich einen kompakten Zusammenhang, mir selbst erstaunlich. Eines aus dem andern sich entwickelnd. (Und das über fünfzig Jahren.)

Wenn ich die heutige Zeit betrachte, muss ich kotzen! Lug, Trug, Irrsinn, Wahnsinn, Bombardement, Raketenbeschuss, Tausende Menschen werden vernichtet, weil ein Geisteskranker dies befiehlt.

Kein Tier ist derart bestialisch wie der Mensch, diese krankhafte bösartige Spezies. Keine Politik, keine Religion konnten das kriegerische Massentöten jemals verhindern. Seit Jahrtausenden nicht, und zukünftig auch nicht. Und die katholische Kirche, die christlichen Geist bringen könnte, ist bloss ein Pisspott der Macht, der Unterdrückung, der Lüge. Alle Gläubige aller Religionen haben sich gegenseitig massenweise abgeschlachtet, die Christen untereinander sogar millionenfach. (Auch der jetzige Papst ist wie alle Päpste ein Hohn.)

Da wird Denken unmöglich. Nur in der Kunst ist augenblickshaft so etwas wie Hoffnung möglich.

Mir liegt Weiterleben schwer auf dem Magen. Hoffnung ist eine Illusion.

Dass Du, Ludwig, das anders siehst, ist Dein gutes persönliches Recht. Daran rüttle ich gewiss nicht. Halte am Guten fest, das tut mir gut.

Ganz herzlich grüsst

Dein Paul

Du
cembalosilbrige
schlanke Schönheit
die ich anbete
die ich *singe*
im Herzschlag
des Igelfischs

Traumrissig
aschig
in dir *versunken*
das BILD VON WELT

Im *Dornauge*
aschig
        bluten Jahrtausende
in dir *versunken*
        glitzern Sterne
das BILD VON WELT
wie Plankton

Im Fischauge

Für dich Marco
freundschaftlich

In interstellaren
      Verdunkelungen
liebend
einem Schleierkärpfling zulächeln
in deine Hand
in dein Herz gelegt
das Weinglas nachfüllen
nach dem Kuss

Ein Fallwind
die Welt
eine Scharlacheiche
flammenschlagend
an der Mittelmeerküste
einhorchend

Liebster Ludwig

Wie ein Krake sass ich lange Zeit überm PC, um für
Marco nochmals eine Inschrifttafel zu gestalten. Jetzt
habe ich bereits zwei, die ich ausdrucken werde und ihm

in einem Bilderrahmen schenken werde. (Wenn es mir elektronisch glückt, lege ich Dir beide bei.)

Marco hat grosse Freude, dass ich ihm bereits vier Bilderrahmengedichte schenkte, er ist der einzige Mensch auf der Welt, der das von mir bekam. Es ist das Tiefste, was ich geben kann.

Wenn es mich nicht mehr mehr gibt, ist der Zackenbarsch bei Marco! Er sieht das.

Und bei Marco zu sein, ist das Schönste für mich, ich liebe ihn sehr. Und seine sensible Liebe zu mir zu erleben, erschüttert mich.

O Dein guter Brief, Ludwig! Ich freue mich existenziell auf das Bilderbuch von Dir.

«Ich Bin / der Ich / sein will», darüber dachte ich lange, lange nach, als Du es schon einmal schicktest (innerhalb eines Bildes). Ich komme zu keinem Schluss, denn «WILLE» ist für mich nicht unbedingt etwas existenziell Gutes, Massgebendes. Innerhalb der traumnahen Seelenweltbilder hat für mich der Wille nur einen kleinen Stellenwert. («Wille» und «Vernunft» gehören nicht so ganz zu mir, es geht um stets sich verändernde BILDER des Daseins.)

«Ich kann wollen, was ich will, doch ich kann nicht wollen, was ich will», sagte Schopenhauer. Und Kafka: «Ich schreibe anders, als ich rede, ich rede anders, als ich denke, ich denke anders, als ich denken soll, und so geht es weiter bis ins tiefste Dunkel.» Bei vielem, was ich *wollte*, entschied die Seele anders. Und das ist gut.

Ich lasse das *fliessende* Leben zu.

Ich bin ABSOLUT SCHÖNHEITSTRUNKEN, verstehst Du das? Schönheitstrunken von einem nackten menschlichen Körper, von einem Rotohrfrosch, einem Glaswels, von Felsenklüften, dem Sternbild Schwan, einem Violinkonzert von Mozart, von Quallen, von Donizettis Genie. Der Geist als Geist lässt mich eher kühl, er zeigte sich in der Menschheit nirgends überzeugend.

Albert hat nun meine «Zackenbarschiaden», huhuu, ich nehme nicht an, dass sie sein Leben bereichern werden. Zudem schickte ich ihm «Wir schenken uns wild durcheinander uns». Was er auf die Briefe sagt, ist mir eigentlich egal, gespannt wäre ich auf die Reaktion meiner Liebesgedichte, doch ich kenne ja auch Alberts hartnäckigen Realitätsbezug. Ich warte genüsslich ab.

Das Malaise ist, Albert weiss literarisch so viel, doch in Bezug auf Lyrik ist er eine Null.

So, nun höre ich Donizettis «Lucrezia Borgia».

Dir, lieber Ludwig, wünsche ich von Herzen nur Liebes, Gutes, Schönes.

Dein Paul

Geniessen wir den Dôle-du-Valais, räucheln wir die Pfeife, hören Musik, jeder Geist geht unter, der Nuklearbombenhagel kommt bestimmt, hallo, ein flottes Drittweltkrieglein inszeniert sich, alles ist parat. Für den Planeten ein Mückenfurz, es leben acht Milliarden Menschen, drei, vier werden überleben oder auch nicht. Es gibt keine Zivilisation mehr. (Es gab noch niemals eine Zivilisation.)

DAS IST ZU SEHEN

❀   ❀   ❀

Sonnenumbra I
Bagatellen

«Im Stromland kommt der Wind auf.
Versteckt in einem Blumenmeer
ruft der Fasan. Im Oberlauf
springt über das Dreistufenwehr
ein Fisch, wird er zum Drachen. Doch
die Toren schöpfen immer noch
die ganz Nacht das Wasser hoch.»

Bi-Yän-Lu

Aus den Karsthöhlen der Träume, aus Ammoniten, Wurzelverschimmelungen, Sternstrahlungsüberhitzungen, in Atemliebeslusttrunkenheit: ein Feuer der Gesänge.

Befreie dich. Wirf die Sonne ins Weinglas, verzichte niemals, wenn Hoffnung auf Scheitern besteht. Lache, wenn die Welt untergeht. Es könnte schlimmer sein.

Der Tatzelwurm tatzelt rund um die Erde, immerzu, er kommt an kein Ende, der Kreis ist unendlich, ausruhend im Nichts.

Als die Oboentöne von Ast zu Ast hüpften, Rosenblätter zu Saurierflügeln wurden, Wolkenzungen Licht leckten, wusste ich, dass du die Finger im Spiel hattest. Dein Mass ist eine Milchstrasse, eine Bouteille Châteauneuf-du-Pape, Geringeres ist nicht zu sagen, aber mehr auch nicht.

Dein Geschlechtsglied ist ein Oleander.

Wie schön, hinfällig, vergänglich zu sein, es entbindet von allen lächerlichen Ämtern und Würden. Wer glaubt, wichtig zu sein, ist bloss ein Betonpfahl, überflüssig, quer stehend. Man beachte ihn nicht, umgehe ihn ruhigen Schritts.

Wer was sagte, ist einerlei. Sagte irgendwer was?

Ich hörte noch niemals davon, dass eine Schleiereule, ein Pelikan, ein Wind ein Dekret erlassen haben, nur der Mensch kann auf diese Absurdität verfallen. Geben wir auf nichts mehr als auf eine Welle. Das genügt lange und weit. Und da kommt ja schon die nächste Welle.

Es geht immer um *Zusammenhänge*, Vorlagerungen des Seins, Bilder auf Porzellan, Nachteinstürze, emphysematisch.

Im Azimut der Begegnungen, als wäre das überschaubar, berechenbar. Es ist ein quinkelierender Geigenton. Und danach spannt sich zwischen dir und mir das Schweigen aus.

Seit der riesengrosse Oktopus L. umschlungen hatte, war L. anders geworden, die meisten seiner Bekannten merkten natürlich nichts, denn dieses Ereignis hat sich nicht öffentlich abgespielt, so dass sogar angenommen werden konnte, dass es gar kein Ereignis war, derogleich dies aus der Welt zu schaffen war also nicht möglich, denn wie sollte L. von einem Oktopus, und erst noch von einem riesengrossen, reden, wenn es gar keinen gegeben haben sollte, da geriet füglich alles ins Verschwommene, L. hätte sich auch ohne Oktopus grundlegend verändern können, und dass seine Bekannten dies hätten merken sollen, weil ja gar kein Oktopus gesichtet worden war, ist lange nicht gesagt, darf nicht als gewiss angenommen werden, zudem muss berechtigt überlegt werden, dass eine Veränderung vielleicht gar keine Veränderung ist, sondern einfach ein Insichbeharren gegen jede Situation und scheinbare Notwendigkeit, und zu unterscheiden, was innen und was aussen sei, ist eine bekümmernswert sehr schwierige Sache, da lässt man es lieber sein von Veränderung zu sprechen, vielleicht hätte sich L. verändert, was ja nicht ausgeschlossen werden darf und nicht als Zumutung gesehen werden muss, denn man kann nicht jahrein, jahraus der Gleiche bleiben, so begann L., wenn auch zögerlich, zu denken, wie gut, dass der Oktopus mich umschlungen hat.

E. liebte es, Zusammenhänge zu sehen, wo es eigentlich gar keine gab, er blieb dem Verbindendem auf der Spur, gab nicht nach, bis er im weit Entfernten Zusammenklingendes hörte, in der Trefflichkeit der Vernunft, der Argumente witterte er vorschnelle Kapitulation, das mochte E. nicht, den gängigen Leitideen gegenüber hatte er nur Verachtung übrig, im Konsens, da täuschte sich E. nicht, sei kein Zusammenhang zu finden, dachte E., in der Divergenz

ists versteckt, was E. glaubte zu finden, im floriden Eingedenken in nächtlichen Stunden, unbefriedet, im Orgelrausch der Meere, da erkannte er, E., dass er nicht mehr E. war, sondern O., verwunderte sich nicht, da dies ein Zusammenhang war.

Rot, Grün, Gelb, G-Moll, fis-Dur, crescendo, decrescendo, Dampf, Kristall, wann ist der Zeitpunkt gekommen zu lieben? Schenk ruhig weiter Wein ein. Stürze, stürze nieder.

Hauptsachen sind belanglos.

N. trat vors Haus, um zu sehen, wie das Wetter war. Der Himmel brannte, durch die Luft jagten sich Saurier, Wolken frassen ganze Städte auf, Kontinente versanken ohne Klang und Bang, rachitische Wälder torkelten strassauf, strassab, das ist aber ein schönes Wetter heut, sagte N., da will ich wandern gehn, einen Regenschirm brauch ich bei dieser Klarheit nicht.

Q flog auf einer Kathetrale sitzend über Meere, Ozeane und Kontinente; da er keine Absicht zu landen hatte, gab es auch keine Probleme.

Der Pfarrer und der Kichenratspräsident liebten es, miteinander zu wandern. Im nahen Wäldchen befriedigten sie sich gegenseitig. Der Heilige Geist meint es stets gut mit der Natur.

•

Hier und hiernicht die Sonne
                    das Ausweglose
hier und hiernicht das Irresein
                    tanzend du wirst nicht fragen
hier und hiernicht die fremde Umarmung
                    als ob
hier und hiernicht hinter den Stunden in den
                    Nischen die niemand kennt
                    du wagst es
hier und hiernicht Angstrisse Hirnrisse
                    es bleibt
hier und hiernicht der rote Wein der rote Traum
                    das Rot das nur Rot ist
da und dort nirgends
hier und hiernicht

                              •

Die seltsame Bewegung in der Ruhe
die seltsame Bewegung ausbalanciert
die seltsame Bewegung nicht hier nicht dort
                       fragwürdig ohne Gewicht
                       nicht erreichbar
die seltsame Bewegung die nicht vorwärtskommt
                       es gibt keinen Grund
                       vorwärtszukommen
die seltsame Bewegung   in deiner Hand
offen leicht wie Blumenduft

                        •

Sonnenumbra

Sonnenumbra II

Manchmal war es wirklich so, dass es fast *geschah,* es lag in der Luft respektive die Luft stand still oder die Luft bewegte sich, wo es nicht ersichtlich war, warum sie sich hätte bewegen sollen, die Vorerwartung des *Geschehens* kündigte sich an, alles wies darauf hin, obwohl sich N. nicht im Klaren war, wie er auf diesen Gedanken habe kommen können, denn konkret gesehen ist noch nichts *geschehen,* was aber als raffinierte Finte, als unüberschaubare Täuschung gesehen werden muss, dennoch spürte N., dass es nun bald *geschehen* könnte, was, wie die Dinge nun mal sind, unvermeidlich eingestuft werden muss, obwohl es auch da keine Sicherheit über das Vermeintlich-Unvermeidliche gab, doch dass DAS nicht *geschehen* würde, da sich nun alles so entwickelt hat, wie es bin anhin sich entwickelt hat, muss auf Treu und Glauben ausgeschlossen werden, schliesslich gilt es etwas zu wagen, N. blieb auf der Hut, argwöhnisch, gelassen, er fasste sich zusammen, schaute umher und stellte verwundert fest – es geschieht nichts.

Fackeln zu jonglieren, ist mir zu gering, ich bevorzuge es, Milchstrassen zu jonglieren.

Das Haus schloss alle Läden, denn was es aus den Fenstern hätte sehen müssen, wäre nicht zum Aushalten gewesen.

•

Denkerisch weit welterkundend
auf Wellenkämmen des Gefühls
in die *Erkenntnis durch Abgründe*
stürzen fliegen sich aufschwingen auflösen
zerschmettert werden

G O N G   B I N   I C H
               Traumlabyrinth Feuerkugel
                   Täuschung der Ufer
                   Orientierungspunktewirrwarr
                       bleiben wir erregt
                       von Wahnideen
                       Verschwendungen
                       Tumulten
schaufeln wir das Vergessen zusammen
im fernen verzaubernden Lachen

               ich stopfe vergnügt
               verunsichert
                       das Unendliche
                         in meine Pfeife

(Geschrieben nach der Lektüre und Bildbetrachtung
von Henri Michaux mit Elementen von Michaux)

•

So ist es. Weil es nicht so ist.

Als ich begann, dich kennen zu lernen, begann wirklich
noch nichts.

Es regnet Quasare aus deinen Augen, es regnet eine
HWer sich gefunden hat, ist erledigt.

Zum Glück fällt es mir nicht ein, an einen Glauben zu
glauben.

Freiheit ist, einen notwendigen Schritt zu machen, einen
notwendigen Schritt zu unterlassen.

Ich liebe mich in der Windform, liebe mich in der
Baumform. In der Mädchenform. In der Fischform. In
der Sonnenform. Doch man traue mir nicht, ich liebe
keine Formen.

•

Ethnografisch gesprochen
philosophisch gesprochen
ordinär gesprochen
tierisch gesprochen
menschlich gesprochen
gisisch gesprochen
          in der Sprache
der Musik
der Farben
des Winds
der Sonne

SPRACHLOS GEWORDEN

•

1 sass auf einem Mäuerchen und sagte zu 2, du übertreibst aber recht schön.

Jesus ist wiedergekommen, jetzt im Jahr 2023. Er schaute sich um und schwieg entsetzt.

Als es zu regnen anfing, erkannte ich die Regentropfen als Tränen.

Schöpferischsein ist Lebenselixier, geliebte Traum-irrheit.

❀　　❀　　❀

Lieber Ludwig

Ich höre Mozarts Festa teatrale «ASCANIO IN ALBA». Charmant.

Lese Gaetano Benedettis «Botschaft der Träume»; als junger Mann hörte ich bei ihm an der Uni Basel Vorträge; Benedetti ist Psychotherapeut. «Botschaft der Träume» fasziniert mich sehr.

Zwischendurch lese ich in «Der labyrinthische Spazierweg. Goethes Reise nach Zürich, nach Stäfa und auf den Gotthard im Jahre 1797» von Kurt Guggenheim. Sehr gut geschrieben, doch ich finde zu den ellenlangen Zitaten (Natur- und Geografiebeschreibungen) von Goethe keinen richtigen Zugang. Sie langweilen mich. Gegen den Schluss, als das Menschliche wieder dazu kam, fand ichs gut.

Julien Gracqs «Entdeckungen», Essays zu Literatur und Kunst, hochinteressant.

Arbeitete intensiv am neuen Gedichtband, kam gut vorwärts: habe drei Gedichte in den Papierkorb geworfen.

Aufs Bilderbuch von Dir freue ich mich riesig, natürlich auch aufs Textbuch.

Du bist ganz Du, was Du sein *willst*. (Etwa so?) Anstatt Wille (und Vernunft) bin ich tiefer verbunden in den Traumrissen, dem Unterbewusstsein, der nicht in den Griff zu bekommenden Inspiration, dem innern FLIESSEN, dem geheimnisvollen, nicht erklärbaren Strömen der Seele. Dass Du anders formulierst, darf sein, denn für Dich ist der GEIST dominant – für mich die stets wechselnden **BILDER** DER WELT.

Dein Denk-«Mosaik» ist längst zu einer umfassenden, beeindruckenden Einheit geworden, die ich bewundere. Du hast eine esoterisch-religiöse Weltsicht, die ich voll respektiere, mit der ich mich auch beschäftige; mir ist aber die individualpsychologische-künstlerische (lyrische) Weltsicht näher, in der es keine vorgegebenen Antworten und Sicherheiten gibt, wo immer alles auf Abruf, Gegenruf, Du-Zuruf veränderbar ist, um RUFWEITEN DER LIEBE in existenziellen Farbveränderungen, Tonartwechseln, in Warmundkaltluftwinden der geheimnisvollen Psyche, Bildüberlagerungen, Bilderweiterungen, Bildveränderungen, in Sinnbildern der Inspiration, in Ekstasen der Lust- und Welterfahrungen.

Der Traum beschäftigt sich nicht mit dem Geist schlechthin, mit Vernunft, Religionsdogmen, sondern mit «Gesichtern», Interpretationen von und Flucht vor

71

Symbolen, Erstarrungen und Befreiungen im Ich, um erlebte oder eingebildete «Erinnerungen», Angstsuggestionen, Wasser-und-Dampf-Fontänen der persönlichen Vergangenheit, mal rettungslos, mal zielführend rettend. Ich plädiere keinesfalls für eine Kunst der Therapie, eine Therapie als Kunst, meine einfach, jede Kunst ist immer NEU im Singen, Einfärben des Lebens, fragend, selten antwortend, Unerwartetes und Unbekanntes wagend. Kunst ist keine Lebenshilfe. Sie ist eher eine Lebensverunsicherung, wenn man ein gutes Gedicht liest, «entsetzt» ein geniales Bild betrachtet, ratlos wird bei ergreifender Musik.

Ich denke, Du verstehst mich. Du darfst auch annehmen, dass ich Dich verstehe. Es sind zwei (Denk-)Lebenswege, die sich nicht sehr fern sind.

Heute in der Vollmondnacht rumorte es in mir, ich bin etwas mondsüchtig!

Du hast grosse Weise, Denker hinter Dir – und das göttliche Sein in Dir, das Dir diktiert. Das gibt Dir Deine grosse Sicherheit. Doch vergiss bitte nicht, dass es auch berechtigt die existenzielle Unsicherheit gibt, aus der alle grosse Kunst wächst. Wer etwas «fest weiss», ist kein Künstler, sondern ein Apostel, ein Apologet eines festgezurrten Glaubens.

Manchmal kommt mir das so vor, man geht mit einem Metronom, im zahlenmässig vorgeschriebenen arithmetischen Tempo auf eine Musik zum Beispiel eine Sinfonie von Schubert los, derweil muss eine Schubertsinfonie wogen, wellen, ATMEN, ruhend frei sein in sich selbst. Eine Schubertsinfonie muss ekstatisch sich frei entfalten. In der Freiheit des Kosmos, der Schönheit. Das begreifen einige Dirigenten von «Weltformat» nicht, da ist Mario Venzago der beste.

(Die bekanntesten Dirigenten sich Technokraten.)

Wenn Du es für gut findest, korrigiere ich Dein neustes Buch. Wünschte einfach, wenn es Dir geht, einen kleinen symbolischen Zusatzzustupf. Ja?

Du, lieber Ludwig, wenn Du dieses Mail liest, ist Sonntagmorgen. Sonnig. Ich wünsche Dir mit meinen unzählbar vielen Herzen freundschaftlich nur Liebes, Schönes, Gutes.

Dein Paul der Lyriker

P.S. Marco, der Schreibungerne, schickte mir ein SMS, das mich erschütterte. Er ist so lieb.

Ja, glauben wir an den Engel über Kiew!

Du bleibst
in mir
eingezeichnet
mag die Dunkelheit
so gross sein
wie sie will

Wenn das Weltall
schweigt
höre ich
die Konzertarie
Mandina amabile
KV 480
von Mozart

Bei Kurzgedichten ist es erregend schön, immer wieder eine Zeile zu streichen, auch in der Kürze schreibt man zuviel.

Ich wünsche Dir, lieber Ludwig, eine gute Nacht.

Herzlich

Paul

Durch die Lesebrille
die Worte
am Himmel
entziffern
bei einem alten Brandy

In vielen Zungen
zu schweigen
mit dir

Das Geschlecht
wie ein Schilfrohr
im Nachtwind

Der Spitzbartfisch
dieser alte Philosoph
winkt ab
Gespräche
bringen nichts

Ein netznerviges Tagebuch

zu führen
ohne Regenschirm
im Nimbostratus
ist keine
leichte Sache

Zu hell grell
deine Sätze
munkle ich
dunkel

Zu einfach ists
abzubilden
man muss
erfinden

In der Essenz
der Sinne
GEIST
in deinem Auge

Inflammierende Nacht
wenn du
bei mir bist

Mit dir
zu tanzen
nacktzunackt
im Körperzusammenfallen

in den Quasaren

Lieber Ludwig

Finanziell geht es mir schlecht; ich habe ein paar Mal zu viel für Essenskäufe getätigt. Und heute war ich in St. Gallen, um zwei Bilderrahmen für Marco zu kaufen (einen für ihn, einen für mich): es war der falsche, etwas zu klein. (Ich kann sie später schon noch gebrauchen.) Das Gedicht, das ich auf antikem Papier bei Markwalder ausdrucken liess, ist zu gross für den Rahmen. Da muss ich nochmals einen Bilderrahmen kaufen, ich kaufe sie immer doppelt, weil ich einen bei mir auch aufhängen will.

Nun schaue ich *entsetzt* in mein Portemonnaie und in meinen kleinen blauen «Minitresor» in meiner Schreibtischschublade. Kannst Du mir für Anfang der nächsten Woche einen vielleicht leicht aufgerundeten Zustupf schicken? Die nächste AHV-Zahlung vom 6. April erreiche ich so.

Ich schicke Dir das Gedicht auf dem antiken Papier, es sieht herrlich aus (Das Gedicht kennst Du).

Es wird für Marco das fünfte Bilderrahmengedicht, ich plane insgesamt sechs, dann hat er einen guten Querschnitt über mein aktuelles lyrisches Schaffen, das ihm gewidmet ist.

Ich werde, wenn ich es bei ihm übergebe, sagen: «Jetzt hast du, Marco, wenn es mich nicht mehr gibt, die Zackenbarschgedichte bei dir», hoffentlich weine ich dann nicht wie ein Schlosshund. Er kann mich derart anschauen, dass meine Augen feucht werden, ich nicht mehr reden kann.

Nach Marcels Termin beim Arzt in Gossau traf ich ihn (Marcel) zufällig in St. Gallen, das war schön. Spät abends kam Marcel zu mir und sagte, er habe mir ein Geschenklein. Es war ein sehr teurer Säntis Malt Whisky, weil er ja weiss, dass ich zwischendurch exquisite Spirituosen liebe. Da hat er für mich tief in die Tasche gegriffen. – Marcel ist ein Schatz. Es ist so vieles schwierig, doch Marcel sieht, dass wir zusammen-gehören. (Auch wenn Abdriftungsströmungen nicht zu übersehen sind.) Ich bete zu Gott, dass seine (relative) geistig-seelische Verfassung, wieder ins Leben zurückzufinden, ein bisschen besser wird. Ich bemühe mich, existenziell verständnisvoll, sehr sensibel auf Marcel einzugehen. Doch so viele «Komponenten» in seinem Leben bleiben dunkel, hoffentlich überstürzen sie ihn nicht.

Eigentlich kann ich nichts für Marcel machen, ausser einfach FÜR IHN *D A* ZU SEIN (natürlich ohne mich selbst aufzugeben). Das ist eine Quadratur des Kreises, ein Spagat auf dem hohen Seil … Ein Lyriker kann alles, hahaa. Und selbst ein Scheitern müsste noch als gekonnt gesehen werden. (Es gibt keine Position, die etwas als krumm oder gerade einzustufen fähig wäre, alles ist *fliessend*.)

Mein ehemaliger Freund Daniel hat mir einen vielseitigen Brief geschrieben, in dem er mich mit Gift überschüttete. Nach dem dritten Abschnitt kübelte ich seine Suada ungelesen. Er vertrug es nicht, dass ich alle Politiker als korrupt bezeichnete (er lebt homosexuell mit einem Spitzenpolitiker zusammen). Er sieht mich als Lyriker total gescheitert, belanglos. Henu, ich meine schon, dass er ein Spiessbürger der übelsten Sorte ist, löschte seine Telefonnummer und werde seine E-Mail-Adresse löschen (wenn ich das kann). Ich begann schon längst, seine rechtslastigen Denkgeschwüre zu hassen. Wie schön, erleichternd, befreiend, ein Mensch weniger an Bord.

«Über allen Gipfeln ist Ruh; in allen Wipfeln spürest Du kaum einen Hauch», diese goethische Leblosigkeit bleibt mir fremd.

Ich wünsche Dir, Ludwig, gute Gesundheit, stets verzwickzwackt rikonozzottelnd, rabuzzinzelnd. Oder einfach: ganz herzlich.

Liebe Grüsse

vom Paul
Milchstrassen
Wimpern
in deinem Gesicht
das ich
seit langem
suchte

Lieber Ludwig

Ich lese Oscar Wildes über hundertseitigen Brief *«De Profundis»:* erschütternd!

«Neu» hat Marco längere Haare, Schnauz und Bart: er sieht wie ein Seebär, Seefahrer, Seeräuber aus, so schön!

Meinen letzten Brief begann ich so: «Mein geliebter Seebär Marco», er wird lachen – sein Lachen betört mich elementar. Er kann mich mit zugekniffenen Augen anschauen, dann stockt er eine Sekunde – und wir lachen zusammen! Mein Gott, wie liebe ich Marco.

Und dann dreht er sich eine Zigarette und ich räuchle einen Jacob-van-Meer-Cigarillo, und die Welt ist einfach schön und gut. Manchmal haben beide feuchte Augen, wenn wir uns *sehen*, erkennen. So nahe, Seele in Seele – dafür gibt es keine Worte.

Paul

Gedichte
Clownfische
im Korallenriff
eines Traums

In der metallglänzenden
Fischiris verlieren sich
Sternschweife
doch doch
es gibt sie

Atemumarmt

Mit dir
ruhe ich aus
in den tausend
blumigen Fangarmen
der Seenelke
zu lieben zu lieben zu lieben

Ach, Ludwig, ich bin so lebens-, liebes-, schöpfungs-trunken!

Paul

Lieber Ludwig

Wann darf ich die Farbausdrucke der Foto mit Marco erwarten? Ich habe eine schöne Wand mit allen Bilderrahmengedichte gestaltet, dazu gehört der geschnitzte Zackenbarsch von Marco – die Farbfoto kommt dann auch dazu.

Ich habe begonnen, die ganze Wohnung zu putzen, auch die Fenster, es sieht alles recht heruntergekommen und chaotisch aus. Nun will ich die Wohnung wieder auf Vordermann bringen.

Ich musste eine Rolle 60-Liter-Abfallsäcke kaufen, 35 Franken. Ich brauche absolut notwendig Sandalen, denn bei warmem Wetter kann ich bei meinen heissen Füssen keine Halbschuhe tragen; Sandalen kosten ca. 65 Franken. Das macht zusammen Ausgaben von 100 Franken. – Kannst Du das bitte bei Deinem Zustupf, den ich hoffe bald erhalten zu dürfen, berücksichtigen?

Die Tage **vor** der Kesb-Zahlung von 470 Franken (als könnte man bei diesen Preisen so leben), musste ich Marcel anpumpen, er konnte mir 70 Franken vorstrecken. Diese muss ich ihm bald zurückgeben. Ich sehe bald nicht mehr weiter ... Marcel gibt mir immer wieder etwas Geld für gemeinsame Ausgaben für die Küche, das hat sich nun gut eingespielt. Doch zuviel kann er aber natürlich auch nicht geben.

Ich lese einen fabelhaften Roman von Sōseki Natsume, *«Ich der Kater»*, herrlich.

Wie geht es Deinem Buch – mit den Sinnsprüchen, die in der Pendelgrafik integriert sind? Das wird für die Kunst und die Esoterik ein absolutes Novum.

Wider mein Erwarten scheint meine neue Bekanntschaft mit dem ältern Herrn, H. S., indisch «nala», interessant zu werden, wir wechselten beide lange Briefe. Er antwortet mir jeweils prompt und seitenlang. (Er will auch zwei Büchlein von mir kaufen.)

Soeben kam Dein Brief «Wir sind am Ball», danke.

Salü

Paul

Die Foto-Ausdrucke sind gekommen: so gut, was ja bei einem Handwerkskünstler und Lüüriker gar nicht anders sein kann ...

Ich danke Dir ganz herzlich, meine Freude ist riesengross.

Dein Einsatz für mich ist einfach immer wieder toll, ich bin Dir sehr dankbar.

Salü

Paul

Lieber Ludwig

Die Foto, die Du geschickt hast, ist einfach toll; ich werde dazu noch zwei Bilderrahmen kaufen, dann aber ist diese Serie beendet. Ich bin so glücklich, Marco als guten Freund zu haben.

Wie geht es Dir? Ich bin gespannt, wie das ausgeht mit der Bildwand im Bahnhof Gossau und dem Versuch, Bilder in Altersheimen unterzubringen. Bitte berichte mir darüber, wies weitergeht.

Der heutige Abend ist mit Haydn-Messen besternt: so schön.

Ich wünsche Dir nur Gutes.

Herzlich grüssst Paul
Lieber Ludwig

Ich bin Dir gegenüber von grosser Dankbarkeit erfüllt. (Ich sage das durch Tränen der Freude.)

Paul

Endlich
heimgefunden zu haben
in den warmen Armen
des Fagotttons
sagt sich
der Schwan

Glühwürmchen
tanzen
im Harfenklang
ungeachtet

anderer Verhältnisse

Das Fischauge
wie ein Gong
von Urzeiten her

Ein paar
Fussstapfen
sinds
zum Bärenstrom
eine Atemlänge
zu dir
                pg
Ich wünsche Dir, Ludwig, herzlich einen guten,
gesunden, schönen, sonnigen Morgen.

Liebe Grüsse

Paul

        Dein Atem
        blauer
        ausschweifender Wind
        eine Berceuse
        im Gelb
        der Berberitzen
                pg

Da geschah es, dass das Weltall zu singen begann und es
entstanden fünf Klavierkonzerte von Beethoven. Ich
hörte heute Nacht Beethovens 1. und 2. Klavierkonzert
mit dem Pianisten Louis Schwizgebel: eine ekstatische

Offenbarung! Dieser junge Louis Schwizgebel ist ein Genie – und er hat die schönsten Hände, die ich je sah.

Heute war ich längere Zeit bei Marco, er tut mir so gut, sein positives Naturell, seine (etwas bizarre, in Form und Gestalt ungewöhnliche, eigenwillige) Ernsthaftigkeit, die immer wieder durch ein Lächeln gemildert wird. Ich war recht schweigsam, genoss einfach seine ausufernde (manchmal etwas geheimnisvolle) Art: es war ein Fest! Je näher ich ihm komme, umso existenzieller wird meine Beziehung zu ihm; und zu erleben, was für ein grosses Vertrauen er zu mir hat, wie er mich scheu und sehr innig liebt, gehört zum Schönsten, was ich in meinem Leben je erlebte. Manchmal blitzt in seinen stets zugekniffenen Augen Liebe zu mir hin auf, das durchbebt mich. Und dann kann er zwei, drei Minuten nicht mehr reden. Beide sind dann irgendwie fassungslos. Bis er den Gesprächsfaden wieder aufnimmt, irgendwo, und ich kaum «drauskomme».

Marco ist ein ELEMENT, wie ich vor ihm noch nie eines kannte.

Ich grüsse Dich herzlich, Ludwig.

Dein Paul

Ein Floh
schaut
ins All
und erkennt
da wohne ich

Die Oboe

steht
wie ein Leuchtturm
im Wald
ohne sich
zu verwundern

Lieber Ludwig

Obige Gedichte sind nicht «für die Ewigkeit», sondern ein bisschen zur Erheiterung …

Herzlich grüsst

Paul
      Den Kolben
      des Aronstabs
      den Doppelstern
      Tukan
      die Mandolinenlende
      anzubeten
      nacktzunackt

Lieber Ludwig

Ist dieses Gedicht auch nicht goethisch oder geistig verSCHILLERt, ist es doch gisisch geil, und das ist auch nicht aus Pappe! Beste Kunst ist vielfach erotisch, libinös, Belcanto-orgasmusnahe. Kein Geist kommt ans Leidenschaftliche heran, an den Sturzbach der Liebe.

Dass man die Leidenschaft überwinden müsste, wie die grossen Religionen und die «grossen Weisen» verblödet suggerieren, ist absoluter menschenfeindlicher Kabis!

Nur im Grossbrand der Sinne, der Liebeslust kann man sich dem Geist nähern, der nur Geist ist, wenn er sinnlich bleibt. Ansonsten ist er ein Potemkinsches Theaterdorf.

Beim Pianisten Louis Schwizgebel kann man wirklich aus dem Häuschen geraten, wie Du schriebst. Ja, ich geriet aus dem Häuschen bei diesem jungen schönen Genie, der wie ein Gott spielt. So wurde Beethoven noch nie gespielt!

Heute war ich wiederum bei Marco; nun, ich kann nicht immer mitteilen, wenn ich bei ihm war. Wir ertranken ein bisschen einer im andern. Marco ist eigentlich nüchtern sehr realitätsbewusst, doch plötzlich schaut er mich «besonders» an, umarmt mich und sagt einfach «Paul». Da stockt mein Atem vor Glück. Schwindelt mir.

Marco ist auf eine «seebärhafte» Art sehr, sehr schön, schlank wie eine Welle, wie ein Schilfrohr, mit kräftigem «Handwerkskünstler»-Körper. Er kann ernst sein wie eine Waldohreule, vergnügt zwitschernd wie ein Wellensittich, das wechselt sprunghaft ab, ich bin jedes Mal neu überrascht, da ich den Grund des Wechsels meist nicht mitbekomme … Wie es auch sei, mich beglückt beides.

Das ist herrlich: ich verstehe ihn sehr gut – und doch bleibt er mir immer wieder ein Geheimnis. Gerade in seiner liebenswürdigen Rätselhaftigkeit, wo ich ihm nicht zu folgen verstehe, LIEBE LIEBE LIEBE ich Marco. «Verstehen» gehört auf eine rationale Ebene, und die ist mir fremd, und ich erlebe auf eine unfassliche allerschönste Art, dass er ähnlich «tickt».

Einmal sagte er mir, «weisst Paul, du gehörst zu mir» – ach: das ist eine Liebeserklärung, die einmalig ist. In GROSSER FREIHEIT.

Es ist auch schön, mit Marco übers Wetter, Apfelkuchen, Fische zu reden. Es muss nicht alles neu erfunden werden …

Es mögen sich bei ihm fern, fern Gefährdungen dunkelwolkig bilden, doch daran denke ich jetzt nicht, er ist in seinem Charakter ein absolut guter Mensch und kann sein Leben meistern.

Ich liebe Marco sehr fest.

Ich freue mich auf Deine Bücher, sie geben meinem Leben Schwung und immer wieder andere Denkrichtungen, das ist gut. Ich bleibe offen.

Herzlich grüsst

Dein Paul

Klanglocken
in die der Wind
bläst

    *

Lippenströmig
die Anbetung

    *

Aufeinanderliegen
um schwerelos
zu werden

    *

In den Pfeifenrauch
ein Gedicht
schreiben
für die Dauer
von zwei Sekunden
das ist
schon Ewigkeit

*

Tschaikowsky
ist wie Absinth
in einer Liebesnacht

*

Wir
wie Flammen
körperumkörpert
neben dem lachenden Wein

*

Dein Körper
dunkelgelber Safran
zungenwürzig singend
wie eine Violine

Lieber Ludwig, das schrieb ich heute Nacht. Ich will
bloss noch Liebesgedichte schreiben.

Grüssestens Paul

Wie ein Gewürznelkenbaum
eine Muskatblüte
eine Tabakpflanze

ja ich spreche von dir

Deine Augen
dunkelblauer Frühlingsenzian
zum Frosch
verwandelt der Tau
oboenkehlig
die Milchstrasse

Die Orange
winkt
der Sonne zu
die weisse Wasserrose
lädt dich
zum Tanz ein

Die rosavioletten Dolden
des Wasserlieschens
im Röhricht
heissen
die müde Rohrdommel
willkommen
um auszuruhn
u m   zu   s e i n

Klobige
knöcherne Angst
wenn du fortgehst

Küssend
ineinandervertaumelt

Mit diesen Liebesgedichten, lieber Ludwig, wünsche ich
Dir in Deine Wohnkapelle einen schönen guten Morgen.
Diese Gedichte kommen nicht ins «Fischauge», es sind
andere Temperiertheiten. Ich möchte nochmals einen
IRR VERRÜCKTEN LIEBESBAND schreiben, doch
den schüttle ich nicht aus dem Ärmel.

Das Thema «Liebe» war für mein ganzes Leben
omnipräsent. Und jetzt beginnt «Liebe» alles andere
überschwemmend Hauptsache zu werden. Das
«Bukolische», das hier etwas übergewichtet ist, wird
folgerichtig existenziell mit umfassenderen
Umkreisungen meines Lebens zurücktreten. Ich bin
KEIN Wilhelm Lehmann II.

Liebe ist Ekstase, Anbetung, Entwurzelung, Nicht-
zufassendes. (Gewiss nichts Poesiealbumniedliches.)

Doch ich «theoretisiere» in meinen Gedichten niemals,
ich **M A L E**.

Am Schluss meines «Fischauges» habe ich «Werbung»
für meine Liebesgedichte aufgeschaltet, das darf doch
auch sein. Meine Liebesgedichtebändchen erschienen in
meinem Aiolos Verlag, in meiner Edition Lucrezia, bei
BoD. «Federführend» für diese Teilbibliografie war
Edition Lucrezia Borgia, deshalb erlaube ich mir, dieses
Logo auch zu bringen.

Es kann ein Zeitpunkt kommen, wo ich aufgeben muss. Da in der Küche schier alles fehlt. (Heute Ostermontag gehe ich mit Hunger ins Bett.)

Marcel kann ich kaum mehr die Hilfe geben, die er bräuchte. Ich bin verzweifelt. Er ist sehr, sehr liebenswert, droht aber in der «Trauer» zu versinken.

Herzlich grüssend

Paul

Lieber Ludwig

Ich habe das Bändchen bereits einmal durchkorrigiert, morgen mache ich das ein zweites Mal.

Nicht alle Gedichtelchen dürfen «Ewigkeitswert» beanspruchen, das wollte ich auch nicht; doch alle sind, so glaube ich, ein farbiges Mosaiksteinchen, gehören zum Kaleidoskop.

Auch hier: die «bildverrücktesten» (traumwahnvollen) Zeilen gefallen mir am besten.

Du hast das «Vorwort» als Kapitel gestaltet, das ist doch gut, gefällt mir, möchte es also ruhig so sein lassen und nichts verändern.

Nochmals: das Layout ist professionell von Dir gemacht, da sitzt alles, wie ich es wünsche.

Kannst Du mir bitte wieder den Umschlag, wenn Zeit dafür ist, zusenden (mailen)? Geht das?

Die Farbgebung des Umschlags und Bildes ist sehr schön, gediegen, sie spricht mich sehr an.

Herzlich grüsst

Paul

Lieber Ludwig

Mein Instinkt trügte mich nicht, dass dieser ältere Herr, den ich kennen lernte, ein – nun bin ich nicht zu fein, es deutlich zu sagen – ein Arschloch ist. Er ist eitel wie ein Pfau, rechthaberisch, zutiefst ein verachtenswerter Spiesser – sein Yoga hin oder her.

Ich gab ihm drei meiner Büchlein, zwei wollte er zahlen, wie er sagte, und ich dachte vorausfühlend, er wird sie mir zurückgeben. Heute waren sie in meinem Paketkästchen, mit den Zeilen: «Über Ostern hatte ich Zeit sie zu lesen. Zum Inhalt nur soviel: Für mich eine total fremde, andere, Weite, aber unermessliche Welt. Da ist grosse Mühe, mich einzufinden und Mit-Tragendes zu erkennen. Zu meiner Entlastung die 3 Bände an Dich zurück. Ich wollte sie nicht einfach in den Bücherkasten stellen.» (Und zahlte natürlich nichts, dieses Aas.)

Was für ein eitles selbstgefälliges Gemurkse! Er drischt Phrasen auf Phrasen, ist der grösste und leerste Vielredner, Lügner, den ich je kennen lernte. Das verachte ich. Ein Banause der gewöhnlichsten Art, unfähig, auf Neues einzugehen. Schande über ihn!

*

Rainer Stöckli schrieb ich letzthin einen scharfen Brief.

*

Von Marco kam ein Brieflein, dass er sich wahnsinnig freue, wenn ich bald wieder ihn besuchen komme. Er hat ein Goldschatzherz. Ich sagte ihm, ich bringe ihm nochmals zwei Bilderrahmengedichte und vom eingerahmten Foto sagte ich noch nichts, schickte ihm einfach meine «Fotowand», wo er den Bilderrahmen mit unserm Foto, das Du schicktest, erkennen kann. Ich freue mich kribblig riesig, bald wieder bei ihm zu sein. Es tut mir so gut zu spüren, wie er mich liebt, und wie liebe ich ihn! Marco ist wunderbar elementar, offen, ehrlich, geradlinig. Überraschend fröhlich und ernst, oft völlig unerwartet abwechselnd. Das ist für mich ein Fest!

*

Die grauenvolle Kriegssituation in Europa setzt mir zu, doch davon will ich jetzt nicht schreiben. (Es wird noch global entsetzlich.)

*

Ich freue mich als Künstler riesig auf «Im Fischauge die Welt». Es hat – mit ein paar gedanklichen Sentenzen, die ich bewusst hineinkomponierte – viele, viele inspirierte BILDER; ein klein bisschen hat die BILDKRAFT etwas nachgelassen.

Jetzt fasse ich hie und da ein LIEBESGEDICHT, wo ich den «Gedanken» keinen Einlass gewähre. Gedichte schreiben ist für mich zutiefst WORTBILDER MALEN. Je surrealer, verrückter, umso «wahrer», besser!

Es soll ein ganzer Liebesgedichteband entstehen.

*

93

Danke für die Foto von Deinem Schlummergemach. (Ich kenne Deine riesengrosse Villa ja überhaupt nicht. Du hast sie mir nicht gezeigt, als ich bei Dir war.) Wie schön das viele dunkle Holz mit dem grossen Fenster auf Bäume hin.)

*

Ich freue mich sehr, wenn hoffentlich bald (?) ein neues Buch von Dir kommt, philosophisch, grafisch. Ich lebe intensiv MIT Deinem Werk.

Ich wünsche Dir herzlich nur Gutes.

Dein Paul

Unterm Rahsegel

Ich bin
fasziniert
von deiner Verrücktheit
möchte
wie du
verrückt sein

*

Übermütig
unterschrieb ich
einen Liebesbrief
mit *Georges Simenon*

*

Schraffuren
der Lust
unterm Rahsegel
gischtend
beim alten Brandy

*

Abweichungen
innenlebendig
glitzernd
in der Ruhe
der Bewegung
grundverschieden
in der Nähe

*

Moderorchideen
dunkel dunkel
Licht trinkend

*

Eidechse
zwischen Andromeda
und Schwan
in deiner Hand

*

Dein Körper
ein Räuchergefäss
schilfernd
deine Haut

*

Zieh dich aus
fürs Fest
für den Tanz
im Feuer
des Winds
überm Moor
in Moll

*

Basalttuff
deine Beine
trichterförmig
ströme ich
in dich

*

So, lieber Ludwig, ein paar Liebesgedichtelchen aus
dieser Nacht. Liebeslust im WORTBILD zu gestalten,
um das gehts mir als Lyriker.

Ich wünsche Dir einen frohen, sonnigen Samstagmorgen, vielleicht auf Velofahrt. *Nach* einem Pendelbild, *vor* einem philosophischen Epigramm.

Volle Fahrt voraus – in Unentdecktes. Auf Neuland zu!

Herzlich grüsst

Paul

Deine Augen
zwei Muscheln
Staubperlen
im Wind

Paul Gisi

Lieber Ludwig

Seit gewisser Zeit ist es schmerzlich traurig, wie Marcel immer wieder und in längern Phasen in eine geist-seelische Verdunkelung absinkt, er fühlt sich ja selbst sehr unwohl darin.

Meine Bemühungen, ihm ein Lächeln abzulocken, scheitern. Seine gereizten aggressiven Äusserungen rundum haben stark zugenommen.

Mir gefällt das nicht. Hoffentlich braut sich da nicht wieder eine Katastrophe an.

Geh bitte in Deiner Antwort nicht konkret darauf ein, Marcel liest, aus Misstrauen mir gegenüber, immer wieder meine Mails. Deshalb lösche ich dieses auch nach dem Abschicken. (Dass er meine Mails liest, erbost mich sehr, ich finde das schindludrig von ihm. Ich überlege mir, wie ich ihm das endgültig verderben kann!!) Das ist VERRAT!

Wenn er in St. Gallen ist, kann er mir viermal telefonieren und halbstundenlang reden und reden und mitteilen und mitteilen, ich stelle mich gern dafür ein.

Ich kann ihm viele SMS schicken, es kommt keine Antwort. Wenn ich an seiner Wohnungstür läute, öffnet er mir meistens nicht – und wenn er öffnet, schaut er mich an, als wäre ich ein feindlicher Ausserirdischer.

Mit dem Essen klappt es überhaupt nicht mehr. Wenn ich was koche, ist die Sauce zu dünn, der Teigwarengratin zu trocken, zu scharf gewürzt usw. Er meckert immer.

Zudem kaufe ich stets nur Falsches ein, und den sehr tiefen Geldbeitrag gibt er mir nur, wenn ich ihn zwanzigmal erinnere, und dann sehr sauertöpfisch, schaut mich an, als wäre ich nicht mehr bei Trost und fragt, muss das wirklich sein.

Sehr, sehr unangenehm für mich.

Vieles andere läuft bei ihm aus dem Ruder, auch «Verfolgungswahnsinniges» …

Es sieht zurzeit gar nicht gut aus für ihn – für mich auch nicht, denn noch sitze ich im selben Boot.

Ich wäge jedes Wort sorgfältig ab, das ich ihm sage. Gestern Nachmittag wollte ich kochen, da schnauzte er mich an, du kommst ja doch nicht draus und verliess wutschnaubend meine Wohnung.

Seither ist wieder absolute Funkstille.

Um elf Uhr nacht hörte ich ihn in seiner Wohnung oben, ich läutete an der Tür, er öffnete nicht. Seinen Schlüssel lässt er stur innen stecken, so dass ich mit dem Ersatzschlüssel, den ich immerhin noch habe, nicht eintreten kann. Vielleicht wäre es gut, ich könnte ein paar Minuten bei ihm höckeln, ich glaube, er hält die Einsamkeit in seiner Wohnung nicht aus.

Aus seiner Krankheit heraus macht er oft „Unschlaues" … Immer im Sinn, dass er mir letztlich nicht traut.

Das schmerzt mich.

Ist es morgen besser? Hoffnung besteht wenig.

Dazwischen hat er allerliebste Kurzphasen, das ist schön.

Ich leide, Verzweiflung in seinen Augen zu sehen.

Dass ich die Bilderrahmengedichte an Marco und die Foto mit ihm bei mir aufgehängt habe, versteht er nicht; wenn ich von Marco etwas sage, dreht er sich ab und läuft davon … (Da schweige ich halt, basta.) Gewiss ist, über, gegen Marco liesse ich niemals etwas sagen, eher liesse ich es zum Bruch mit Marcel kommen.

Ich sagte ihm, dass Marco kein «Konkurrent» zu ihm sei, sondern einfach ein neuer guter Freund, und wir beide uns sehr mögen, da sagte er, du spinnst, die ganze St. Stadt Gallen lacht bereits über dich mit deinem Marco. (Kein Mensch dort weiss um diese Beziehung!)

Eine gewisse «Verrücktheit» von Marcel ist mir sympathisch, doch sie scheint im Begriff zu sein, aggressiv über alle Ufer zu treten – und das geht zu weit.

(Ich habe auch etwas Panik, dass er in seiner Wohnung oben wieder randaliert, doch ich würde dann den berechtigten Standpunkt einnehmen, was geht mir dieser Nachbar überhaupt an?)

Nur wenn er in meiner Wohnung randalierte und meine Bilderrahmengedichte und die Foto mit Marco zerstörte, würde ich die Polizei einschalten und Marcel das Handwerk legen!

Ich bete zu allen «Schutzgeistern», dass das niemals eintrifft.

Immer wenn ich meine Wohnung betrete, schaue ich zuerst, ob meine Bilderrahmengedichte und die Foto mit Marco im Korridor noch da sind! (Mir entgeht Marcels Hass auf Marco nicht; Marco sagt immer wieder, bring Marcel doch mal mit, doch er lehnt ab. Marco würde den richtigen Tonfall mit Marcel schon finden, da zweifle ich nicht.) Ich ging mehrmals zu Marco und sagte zu Marcel, komm doch auch mit, Marco würde sich freuen, dich kennen zu lernen, er lehnte immer ab.

Zurzeit ist alles ausweglos.

Die Weltkriegslage setzt mir zu. Jetzt brauche ich Harmonie! (Diese ist mit Marcel gefährdet.)

Wie gehts weiter? Ich weiss es nicht, bin ratlos.

Herzlich grüsst Paul

Lieber Ludwig

Von Albert erhielt ich einen langen mitteilsamen Brief. Ihr habt Euch letzthin im Gentile getroffen. Ich finde, Albert ist zurzeit gut drauf. Schön. Er schätzt die Begegnungen mit Dir sehr.

Das heutige kurze Telefongespräch mit Marco war herzerwärmend. Er ist unvergleichbar sensibel; seine Art, wie die Worte hervorsprudeln und manchmal in ein kurzes Stocken geraten, ist atemberaubend herrlich; so, wie er spricht, habe ich es noch nie gehört.

Übrigens schau einmal in Facebook unter «Gesign-Handwerkskunst by Marco Grimm», er stellte den geschnitzten Zackenbarsch, den er mir schenkte, hinein (als Neujahrsgeschenk).

Bald werde ich ihn besuchen, er freut sich – wie ich ja auch – riesig. Ich habe ihm allerhand Geschenke.

Bettina, für seinen Schatz, habe ich ein hand-geschriebenes Gedicht, sie freut sich stets über meine schöne Handschrift, wie sie sagt, warum weiss ich allerdings nicht.

Heute hat Marcel mit enormem Aufwand für ein gemeinsames Essen gekocht: sehr, sehr gut! Er ist ein Spitzenkoch. Es gibt gottseidank immer wieder schöne Situationen mit ihm.

Ich schaute mit ihm ein halbes Stündchen einen Fernsehfilm, wir lachten beide immer wieder. Für solche «Zugaben» bin ich sehr dankbar.

Ich fühle mich wohl.

Dir, lieber Lu, wünsche ich herzlich nur Gutes und Schönes.

(Soeben entdeckte ich Deinen Gruss mit «Gute Nachtschicht»: so gut!! Und das Bild ist famos schön.)

Dein Paul

Für Bettina Frischknecht

Viele Jahre
sinnierte
die Schildkröte
übers Leben
jetzt ist sie alt
sehr alt geworden
und sinniert
munter
immer noch drauflos

Auch der Sonnenstrahl kann
aus einer schwarzen Krähe
keine weisse Krähe machen

Im hohen Mastkorbausguck
sehe ich
tief in dich hinein

pg

Lieber Ludwig

Ich bin Dir sehr dankbar, dass du «Fischauge» für BoD gemacht hast – und nun hast Du`s an den Verlag geschickt; sooo schön!

Den Text hinten auf dem Umschlag aus meinem Vorwort: bestens. Danke.

Du schriebst mir: «Deine Kurzprosa ist ebenso begeisternd wie bekömmlich, altersstarker Wein vom Besten.» Du, das gefällt mir sehr! Diese Prosa mit einem **alten Wein** zu vergleichen, das ist einmalig SUPERB. Das ist treffend charakterisiert, macht mir Freude.

Wenn ich von Gedichten rede (siehe Vorwort «Fischauge»), rede ich von Basilikumduft, Fallwind, Streifenbarben, also sehr *sinnlich*, ich meide jedes «Germanistendeutsch». ICH MALE BILDER, c`est tout. (Ein Bild sagt mehr aus als jeder Denkansatz.)

Mein Vorwort ist crazy, pazzo, fou, verrückt – das wollte ich natürlich so, freut mich riesig. Lehrstuhlinhaber der Literatur fallen da wie Zecken von den Bäumen vom Katheder herunter: toll.

Hoffentlich sausen nicht noch zu viele Vollmonde durch die Nacht, bis ein nächstes Buch von Dir kommt. Doch ich weiss ja, Du bist hochaktiv. Gewiss ist, ich freue mich jetzt schon darauf.

Vor langer Zeit schrieb ich Dir einmal (in etwa so?): dass Deine Texte wie Likör sind, vielleicht kommt mir dann das Neue von Dir wie ein alter Brandy vor, was ein höchstes Kompliment, Lob von mir wäre. On verra. (Ich liebe die unerschütterliche Spiritualität des Weinbrands.)

104

Jetzt geniesse ich «Cinsault Syra», einen koboldischen Rosé aus dem Pays d'Oc, dem Languedoc-Roussillon-Departement, rauche in meiner Heliodor-Pfeife «Ålsbo Gold», einen dänischen Tabak, höre Radio Swiss Classic. Ich brauche solche INSELN, sonst geht mir wie einem Luftballon die Luft aus ...

Marco schrieb mir, «bald kommst du ja, ich freue mich sehr, dann haben wir *Zeit füreinander*». Das ist so einfach geschrieben, doch es erschüttert mich, höre ich daraus doch Marcos Herz. «Füreinander dazusein» ist der Liebe höchstes Glück.

Herzlich grüsst

Paul

Lieber Ludwig

GUTEN MORGEN! In dieser Nacht sauste und brauste es wie ein Sturmwind, das heisst, ich konnte manche sehr karge kurze Gedichte schreiben, wie ich sie mehr und mehr mag (eigentlich schon immer mochte).

Ein mögliches erstes Kapitel ist beendet, *«Gesang des Winds»*.

Schön, dass es mir unklar ist, wies weitergeht, ich mag diese etwas ratlose Offenheit; zu gegebener Zeit kann ich schon derart *wortmalen*, wie ich es wünsche (ha, auf mich ist als Lyriker Verlass!, und das ja schon seit über fünfzig Jahren).

Ich schreibe niemals einem «Programm» entlang, sondern tauche einfach immer wieder ins Leben ein, in die Fülle der Liebe, der Lust, der Bewunderung, der Schönheit, als «Kompass» ist das recht gut. Das führt mich unweigerlich dorthin, wo ich unwissend vielleicht bereits bin: am Puls der Schöpfung. DIESES Leben immer wieder neu zu finden, annähernd zu erreichen, ist für mich unersetzbar. Ich bin tief dankbar, dass die «Inspiration» immer wieder einsetzt. Das ist Atem.

Kunst hat <u>nichts</u> mit «Können» zu tun, sondern mit **Anbetung**. Und das, Du weisst es, in völliger Freiheit allen Möglichkeiten, allen Unermesslichkeiten, allen Blumen, allen Tieren, allen Sternen gegenüber.

Wer das Zipperlein hat, soll sich gesellschaftspolitisch betätigen, geht mich nichts an.

Ich LIEBE LIEBE LIEBE die Silbermöwe, Gross-flosser, den Weinbergslauch, das Sternbild Eridanus, ein Adagio von Mozart, den Freund, Elementarteilchen der Flora und Fauna des Planeten Erde, die Arpeggien der Kunst.

Trotz meines hohen Alters fühle ich mich an einem Beginn: ich möchte noch so vieles sagen, singen, malen, instrumentieren, formen. Je mehr ich sehe, desto weniger sehe ich, dies ist eine unerhörte herrliche Motivation, die Augen aufzumachen – und zu SEHEN.

Endlich zu sehen!

Zu sehen fernab von allem Bekannten. Was schon gesehen wurde, muss ich nicht auch noch sehen. (Was schon gesagt wurde, muss ich bestimmt nicht wiederholend auch sagen.)

Welt ist NEU **in** mir!

Mein Schreiben war noch niemals *naiv*, ich reflektiere es pausenlos. «Naiv» im Sinn von unkritisch (mir selbst gegenüber) ist mir absolut wesensfremd. Mit dem Stethoskop meiner Belesenheit horche ich JEDES Wortbild, das ich male, unerbittlich ab. (Das mögen längst nicht alle Leser von mir glauben, doch das geht mich nichts an.)

Die Liebe zum Gedicht macht mich sehend (nicht blind!). Der Storchschnabel schämt sich nicht, keine Rose zu sein, er ist glücklich in seinem Storchschnabelsein. Der Rostkopfwaran ist glücklich, ein Rostkopfwaran zu sein, er muss kein Schmetterling sein.

Vielfalt in der je eignen Art! Man darf einfach keine Kopie sein von irgendetwas. (Heute haben wir das Zeitalter der Kopien.)

Das «Fremde», was das auch sein möge, ist mir nah.

Doch jetzt habe ich etwas «theoretisiert», uff. Unwichtig!

Ich schreibe einfach *meine* Gedichte, c'est tout. (Ich möchte einfach keine Erwartungshaltung befriedigen, sonst könnte ich ein Buch schreiben über die Reissfestigkeit der Schuhbändel.)

Doch jetzt verfüge ich mich bald ins Bett, obwohl …

Ich bin glücklich, dass es Dich, Ludwig, gibt, mit Deinem GEIST, mit Deiner Hilfsbereitschaft, mit Deinem Büchermachen für mich: das ist für mich einfach existenziell grossartig. Da bin ich unendlich dankbar.

Leider bin ich *mündlich* kein guter Gesprächspartner, ich weiss es. Bloss in meinen Briefen in meinem Tuskulum kann ich gedanklich, argumentierend partiell zu einer

Hochform auflaufen, mündlich bin ich meist eine verschlossene Muschel. Das ist schade, aber nicht veränderbar. (Deshalb begegneten wir uns jahrelang auch nicht.)

Mündlich kann ich kaum zu irgendetwas «Stellung» nehmen, da schwadere ich unkonturiert im Nichtbehaftbaren umher. Das ist mein Malheur, Malaise.

Du bist mündlich voll da. Ich bedaure es, darauf nicht eintreten zu können. Du verstehst schon. Als Zackenbarschlyriker bin ich eigentlich nur in meinen Gedichten stark, sonst bin ich eine Pumpe. Ich lernte längst, damit zu leben.

Einst in St. Gallen war ich berüchtigt-berühmt für meine schnelle Scharfzüngigkeit, doch das ist längst vorbei. Im mündlichen Kontakt werde ich gepackt von der Sinnlosigkeit des Redens. Da ist mir heute das einvernehmliche Schweigen viel wichtiger. Ausser eben in Briefen, wo ich gern auflodere.

Und ich erlebte so viel Liebe, wo das Wort unwichtig wurde. (Auch die jetzige Liebe zu Marco ist nicht wortbasiert, sondern elementar zuneigend anders ...)

So, meine «Nachtschicht» geht zu Ende.

Da hast Du aber chrotte viel zu lesen. Du meisterst das in Deiner gewohnt souveränen Art.

Auf dem hinterm Umschlag des «Fischauges» haben sich drei Divis (Trennnungsstriche) inmitten eines Worts eingeschlichen, das hat mit der Datenübertragung zu tun. Damit der Vorworttext nicht zu «löcherig» wird, habe ich manuell Trennungsstriche eingefügt, die sind nun halt jetzt hangen geblieben. Ha, das macht aber rein gar nichts, es ist nicht sinnentstellend und stört mich überhaupt nicht. Du hast mir das nicht zur Kontrolle geschickt, denn an sowas war natürlich nicht zu denken. Aber ich wiederhole gern, das macht nichts; es ist an keine zweite bereinigte Auflage zu denken. Dies darf ruhig überlesen werden. Es touchiert mich und meine Gedichte kein bisschen. Also lassen wir das schmunzelnd sein (die letzte Sprachperfektion ist nicht anzustreben, darüber stehen wir genügend.)

E i n Gedicht ist Marco gewidmet; im ganzen lyrischen Geist kommt vieles von Marco her, ist auf ihn hin bezogen. (Du hast ja die diesbezüglichen Bilderrahmengedichte gelesen.)

Ich freue mich RIESIG auf das «Fischauge». Es ist für mich etwas Besonderes (das weiss auch Marco). Jetzt macht er die Kapitänsschifffahrtsprüfung, so toll.

Ich werde das «Fischauge», sobald es bei BoD erschienen ist, gewiss sehr rasch im Internet entdecken. Hurra!

Dir, Lu, nochmals DANKE für alles.

Salü, sei lieb gegrüsst

von Deinem Paul

Lieber Ludwig

Kunst und Philosophie haben immer mit dem élan d`amour zu tun (Bergson-nahe), sonst dürften sie ruhig wie infantile Tischbomben zur Seite gestellt werden. Kunst kann nur ernst genommen werden, wenn sie eine individuelle Besonderheit ausarbeitet; eine «allgemeine»

Philosophie ist wenig bemerkenswert. Diese Gedanken aufzufächern, in grössere und kleinere Zusammenhänge zu stellen, wäre eine faszinierende Sache, doch dafür habe ich jetzt keine Zeit.

Nun hast Du mir schon viele BoD-Bändchen gemacht, ein jedes ist im Cover wunderschön. Ich bin so froh, dass Deine Pendelbilder meine Bändchen leitmotivisch als Cantus firmus schmücken.

Salü, Dein Paul

Du
ein Zaubermärchen
ein Blaunachtigallgesang
ein Tuschbild von *Sengai*
sonnenirr
D U

ﮒ

Alabasterfarben
deine schlanke Hand
in meiner Hand
mit dir
finde ich
den Weg
von den fernen Plejaden
heim
ins Herz

Wucherblumig?

Lieber Ludwig

Dies für

«Als wir Fische Vögel Sonnen waren»

Tönt das nicht märchentaumlig wunderschön? Aufgestiegen aus geheimnisvollen Grotten? Wucherblumig? Als Kadenzimprovisation eines Einsamen? Traumverliebt? Tief verbunden mit dem Sein in seinen schönsten Ausformungen?

Heute bestellte ich zwei Exemplare *«Im Fischauge die Welt»*. Ich benötige dann noch ein paar weitere Exemplare. Doch ich habe Zeit, Rom wurde auch nicht an *einem* Tag geschaffen.

Beim Einkaufen spüre ich schwer lastend die gestiegenen Preise für fast alles. Ich bin arg am Limit. Rentner wie ich an der Armutsgrenze müssen den Hunger einüben.

Albert schrieb mir völlig unerwarteterweise viel Lob zum «Fischauge» und zum dortigen Vorwort. Er hat offenbar schon ein Exemplar; als Bibliothekar weiss er natürlich, wie ein Buch rasch bestellt werden kann. Ich habe noch kein Exemplar.

Jetzt weiss ich diesmal bei Albert nicht ganz schlüssig, wie viel scharadenhafte Ironie (oder was auch immer) in seinen Äusserungen steckt – es wäre eine Kehrtwende in seiner Ansicht zu meinen Gedichten. Diese „Freiheit" mute ich ihm zu, doch sicher bin ich nicht. Gewiss ist, ich werde das nicht als Anlass nehmen, borstig nackzuhaken. Das «Superlativische» kaufe ich ihm aber nicht ganz ab.

Quickquack. Ich werde diesmal einfach nicht rasch antworten, damit ich alles noch etwas abwägen, hin- und herbewegen kann.

(Ein bisschen bin ich kritisch, misstrauisch wie eine Krähe, doch ich muss unter Umständen das ablegen.) Ich warte stoisch – «stoisch» ist im Grunde kein Wesenszug von mir – ab und werde später einmal zu einer sanften Replik nachfragend ansetzen, doch zurzeit drängt es mich zu überhaupt nichts.

Werde ich «gelassener»? (Nicht mehr so rasch aus meinem innern Gleichgewicht heraustretend?) Ich weiss es nicht. Wie es auch sei, ich «unterstütze» diese neue Strömung in mir (vorläufig?).

Ich halte es zutiefst mit VERÄNDERUNGEN, liebe die verschiedenartigsten Motive, erkennbaren Melodieeinheiten, verzierten Kompositionen, alles **innerhalb** meines lyrischen Kosmos. (Anregungen «von aussen» – also was nicht aus dem Innern kommt – haben bei mir keine Chance.) ((Das wird sich nicht ändern.))

Nebenbei: Nun habe ich meine Knies, arthrosegeplagt, mit Wallwurz-Gel eingerieben, pas mal, wie gut das wirkte. Ha, ich bin ja ein halber Heilkräuter-Hobbyschamane geworden, ich sage das gedanklich circensisch-jonglierend vergnügt. (Ich muss ja nicht alles, gewiss mich selbst, allzu ernst nehmen.)

Eine «Heiterkeit» dem Leben gegenüber breitet sich zaghaft in mir aus, gerade jetzt, wo ja so ziemlich alles weltweit dunkel geworden ist.

Ich denke viel an Dich, Ludwig.

Und grüsse Dich freundschaftlich herzlich. Dein Paul

Lieber Albertulus

Dein letzter Brief vom 2. Mai: ich rieb mir verdutzt meine Augen, hatte er doch, so las ich ihn, keinen typischen Albertulus'schen Sound. Ich fragte mich vergnügt, welche Drogen hast Du in Dich hineingepfiffen, um zu einem derartigen Lob meines «Fischauges» zu kommen?

Zuerst war ich misstrauisch wie eine Krähe, doch dann lachte ich über Deinen Scherz!

Huhuu: meine «Poetologie» in meinem Vorwort, wahrlich, die «verstehe» ich ja auch nicht so ganz.

Und es IST so: ich giere überhaupt nicht nach Preisen. Ich bin eine Sumpfkratzdistel, bin nicht neidisch auf eine Rose.

Lyrik zu schreiben ähnelt keiner Olympiade: Rang 1, Rang 2 etc. Ich schreibe ausserhalb jeder gesellschaftlichen Rangwerteordnung.

Nobelpreise erhalten jene, die auch politisch sind, die in Übersetzungen greifbar sind, die ein mediales Netzwerk haben. Ich dachte noch keine Bruchteilsekunde an diesem grotesk-absurden Gedanken.

2011 erhielt der schwedische Lyriker Tomas Tranströmer den Nobelpreis für seine Lyrik, er war wohl mit den Jurorinnen im Bett, sein lyrisches Werk ist erbärmlich mager, 2020 erhielt die Amerikanerin und Professorin Louise Glück für ihre Lyrik den Nobelpreis, ihre Lyrik finde ich gut, intellektuell – meine Lyrik ist weit besser. An meine «Dimensionen» kommt sie nicht annähernd heran.

Ich wäre in meiner finanziellen Not zufrieden, einen kleinern Preis zu erhalten: Huchel-Preis, von-Droste-Preis oder sonst so etwas Geschmäusiges. Doch als Selbstverleger hat man auch in dieser niedern Liga null Chancen.

Und welche Zeitung rezensiert noch Lyrik? Unauffindbar. Vorbei.

Von fünfhunderttausend Menschen kauft kaum einer einen Lyrikband.

Das Leben eines Lyrikers ist so wu-wu-wunderbar.

Suhrkamp? Mein Vorwort-«Diskurs» wäre ein Attest für eine Irrenhauseinweisung. Ha, so schön.

Ich fühle mich überhaupt nicht «gross», ich bin einfach Zackenbarsch-identisch, das ist mir Glück.

«Wie schön sich zu verirren mit dir» ist eine meiner liebsten Liebeserklärungen. Ich variiere pausenlos Liebeserklärungen, wenn ich von Geschöpfen rede.

Jetzt schreibe ich Gedichte unter dem Titel **«Als wir Fische Vögel Sonnen waren»**, vielleicht chlämmerlets mir, was ich aber lustvoll akzeptiere, ich bin absolut FREI, das so zu schreiben, wie es mir einfällt. Ich bin Wortbildmaler, muss auf keine «Vor-gegebenheiten» achten.

Die Gesellschaft ist ein Phantom, beliebig austauschbar. Das Individuum zählt!

Ich liebe, liebe, liebe die Kunst, sonst kann alles, wie weltweit jetzt, zum Teufel gehen.

Dies nur ein paar Zeilen auf Deinen skurrilen Brief, den Du in einer wohl besonderen Situation abgefasst hast. Er freute mich nicht, er störte mich auch kein bisschen, ich vermerkte verzögert, dass es Dir drum war, scherzando etwas die Kesselpauke zum Schmettern zu bringen, einzusetzen. Toll das!

Wie geht es Dir, Albertulus?

Herzlich grüsst

Paul

Im Licht
schwebend
nach Wurzeldunkelheiten
f r e i
sich findend
in dir
                    pg

Lieber Ludwig

Gestern war ich nur kurz bei Marco, oooh, es war so schön!! Wir vereinbarten, dass ich am Sonntag wieder zu ihm komme, er sagte, er möchte wieder mal längere Zeit mit mir beisammen und nahe sein – als ich sagte, das wünsche ich auch, strahlte er ganz und rief einfach (liebenswert närrisch) «oh Zackenbarsch!».

Es ist herrlich, Marco als Freund zu haben. Wir bemerken beide, dass unsere Lebenslusttemperiertheit, wenn wir zusammen sind, steigt. Marco ist sehr realitätsbewusst, elementar vernünftig, – mit mir äusserst liebesfreundschaftlich aufschäumend, manchmal bricht sein grosses Herz mit seiner Liebe einfach durch …, und dann ist er wie ein Sturm. Und so sensibel, sanft. Das überwältigt mich stets von Neuem. Bei ihm muss ich keine Angst haben, dass er **«zu viel»** in mich hineininterpretiert, was ich nicht einzulösen befähigt wäre, er SIEHT MICH SEHR GENAU – ich halte es ja auch so, ich *«sehe ihn sehr genau»*, wie er ist, ich stelle ihn um himmelswillen auf <u>kein</u> Podest, wir sind uns auf gegenseitige Augenhöhe sehr nah. Und das umfasst eben auch sein Lachen, was ich so liebe. Und als ich, als ich bei ihm war, einmal einfach lachen, lachen musste (da ich mich so befreit fühlte), umarmte er mich und sagte: «Gut, Paul, du bist jetzt bei mir, für lange, lange.» D A versteht Marco halt unendlich viel.

Für meinen neuen Gedichtband hatte ich vierzig Gedichte, jetzt sinds noch sechzehn. Ich habe gekürzt und gekürzt, weggeworfen, umgestellt, zusammengezogen. So gefällts mir besser!

Der Titel tönt etwas märchenhaft, was mich entzückt:

«Als wir Fische Vögel Sonnen waren»

Bald wird *«Im Fischauge die Welt»* in meinem Briefkasten sein: ich freue mich kribblig sehr. Kennst Du diesen Lyriker Paul Gisi? Sind seine Gedichte gut? Ich bin gespannt …

Liebe Grüsse, auf bald wieder,

Paul

Die Gesteinskunde
der Gestirne
studieren
die Notenschrift
des Gespenstlaufkäfers
entziffern

mit dir das *ganze* Leben malen

.

Der Wind springt
mit den Sonnenstrahlen
von Stein zu Stein

die Honigameise
beginnt zu tanzen

zwei Doppelsterne
umarmen sich

.

Ins Weinglas
eingetaucht
die Sonne
der Nashornfisch
ein Glockenklang

trinken wir
bis zur Neige

.

Dein Atem
ein Sonnensittich
mit dem wissenden Auge
der Ferne

•

Lieber Ludwig

Ich habe halt wieder Nachtschicht! Es ist für mich nicht möglich zu denken, dass ich eine Nachtschicht abtreten würde (hihii). *«Als wir Fische Vögel Sonnen waren»* hat volle Fahrt aufgenommen. Es ist unvergleichlich schön, auf dem weiten Meer der Seele, des Geistes, der menschlichen Liebeszuneigung zu segeln.

Doch schwergewichtig werde ich bald mein Augenmerk auf *«Im Fischauge die Welt»* legen, mit Zusendungen an ein paar wenige Menschen. Das ist mir wichtig.

In Heiden gibt es einen Philosophen und Wittgenstein-Kenner, ich habe seinen Namen vergessen, doch wir treffen uns immer wieder per Zufall zu einem «Kunstschwatz». Ihm möchte ich «Fischauge» auch geben. Das wird schon klappen.

Rainer Stöckli schicke ich kein Exemplar, ich habe nun absolut endgültig genug von seiner hohlen, arroganten, manieriert-geschwätzigen Art im selbstsicheren Korsett; Mario Andreotti schicke ich ein Exemplar.

Henu, ist alles egal. Ich schreibe meine Gedichte, der ganze Kunstbetrieb ist mir längst zum Kotzen überdrüssig.

Wenn ich im Lotto gewänne, würde ich in der Provence (Vaucluse, Gard, Hérault, Ardèche, Aude, Languedoc-Roussillon, Hautes-Pyrenées oder so) ein abgelegenes Häuschen mieten/kaufen, ein Kätzchen mit mir vertraulich machen, keine Villa, kein Luxusauto, kein Swimmingpool, einfach ein kleines Häuschen (wie Bild geschickt), ohne jede Elektronik, ohne Radio. Wie schön wäre die Stille. Der Gesang der Zikaden, der Vögel, des Mistrals. Ein paar Bücher, Schreibutensilien, vielleicht etwas Malerfarbe, um ein paar Bildchen zu malen, ein paar Weinchen in der Nähe.

Du siehst, meine Sehnsuchtsträume schweigen noch längst nicht … Brummbrumm.

(Die ganze notable Gesellschaft ist mir sehr zuwider. Wichtigtuerische Halbaffen und Nullen allessamt.)

Denke nun nicht, Ludwig, dass ich mich im dauernden Clinch mit der Gesellschaft befinde, sie ödet mich an; was sie wichtig einstuft, ist mir absolut unwichtig. So genannte «Reputierlichkeiten» sind für mich Schrott. Ich denke meine Sachen, was die Gesellschaft denkt, ist mir schnurzegal. Ich habe keine Zeit, mich mit KOPIEN abzugeben.

Gerade weil ich sehr gut weltweit informiert bin, komme ich zu solchen Schlüssen. (Ich bin kein weltfremder Lyriker.) Doch ich lehne Verlogenheit, Korruption, Propaganda, Krieg unmissverstehlich ab.

Gewisse Schriftsteller, Intellektuelle wie zum Beispiel Alice Schwarzer und Martin Walser (etc.) sind Schweine!!! Da ekelts mich einfach.

Simone de Beauvoir war eine Feministin, die ich ehre, Alice Schwarzer ist bloss ein Fliegendreck.

Ich weiss, Ludwig, Freund, Du magst solche «scharfen» Äusserungen überhaupt nicht, doch lass sie mir diesmal durchgehen.

(Nebenbei: ich nannte diesen Papst immer einen Pisspott; wie er sich politisch natofeindlich und also putinverstehend äusserte, er ist ein Schwein!!!!! Sein Gott, seine Religion ist verwerflich.) Er ist kreuzsackersterilverblödet in seinem Wahn. Er soll verrecken; in der Ukraine sterben Zehntausende Menschen, werden verstümmelt, da ist seine Aussage hohnlachend menschenfeinlich, niemals akzeptierbar. So ein Schwein an der Spitze einer Religion, die noch immer grausam war. ENTSETZLICH. Es bessert sich nichts.

Wie schön wäre dieser Planet OHNE! den Menschen.

Es wird mir warm ums Herz zu denken, dass es eine solche Spezies wie den Menschen im Universum kaum mehr gibt. Die Bosheit des Menschen ist gottseidank nicht übertragbar auf andere Sterne. *Leben* auf Sternen, ja, aber nicht so wie mit den Menschen, das wäre tragisch.

Du schreibst nach Nachtdiktaten Deine Philosophie. Die ist gut, ist schön. Ob sie auch «wirklich» ist, beschäftigt Dich nicht. Egal, sie ist wunderbar! Das zählt. Ich bin begeistert von Dir, von Deinem Denkkosmos – auch wenn ich mich ganz anderswo «aufhalte», Du wirst das verstehen. Du verstehst unendlich viel – vielleicht da und dort zu viel, hm. Dass alles (goethisch, rudolfsteinerisch) «geiststrebend» ist, sein sollte, ach, was für eine Mär! Das Leben ist anders. GEIST ist Einklammerung von Tannenzapfenechsen, Chorfröschen, Meergänsen, Jakobskreuzkraut, menschlicher Nacktheit.

«Rückfragst» Du Deinen Diktatnachtschriftgebenden niemals, ob er sieht, wie die Welt im Jahr 2022 EFFEKTIV ist?

Nun, Du leistest Deinen Beitrag auf Deine Art und Weise, und dieser ist gut. Dies überzeugt.

Verzeih mir meine Turbulenzen. Du bist längst «gesicherter».

Herzlich grüsst

Paul

Lieber Ludwig

Heute las ich sprunghaft in den «Zackenbarschiaden». Inhaltlich stehe ich voll dahinter, sprachlich, so sehe ich, gefällt mir manches nicht. Ich kann halt keine Prosa schreiben.

Das Treffen mit Marco fand nicht statt, es wird natürlich nachgeholt. Wir telefonierten dafür lange miteinander. So schön! Er sagte mir zweimal, «Paul, ich liebe dich», was ich ihm auch sagte, «Marco, ich liebe dich». Er kann mündlich so munter und klar drauflosreden: ein Fest!

Sein Telefongespräch war, als ob tausend Sterne sängen, seine Art zu reden, seine Stimme, die einzigartig ist, ich liebe sie sehr.

Schriftlich ist Marco oftmals eher schwach, doch *mündlich* kennt meine Begeisterung kaum Grenzen: da ist er fabulierend strömend, und immer ist er kritisch hellwach, ich finde das sagenhaft. Er weiss so gut zu argumentieren – und nimmt die Argumente fast gleichzeitig zurück, schränkt sie ein. EINMALIG. Das liebe ich.

Ich darf mich von Marco geliebt wissen. Das erschüttert mich. Ich liebe Marco sehr.

Ich nannte ihn «schreibfaul» und entschuldigte mich dafür. Da lachte er am Telefon, wie nur er lachen kann, und sagte, «aber nein Paul, ich *bin* schreibfaul», und wir lachten wie verrückt. So kamen wir uns dadurch noch näher, das spürte ich.

«Paul, bald kommt der Sommer, dann musst du oft und lange zu mir kommen», sagte er. O, was für Musik! Er lebt mit Sonne, Wind, Wasser, Holz. Und wenn er mich sanft streichelt, er mit seiner Naturkraft, zerfliesse ich …

O Einmaligkeit!

Ich bin ein Glückspilz.

Herzlich grüsst

Paul

Lieber Ludwig

Ich lese – zum dritten Mal – Sôseki Natsumes Roman «Kokoro» (was in etwa heisst: «Herz, leidendes Herz») und bin tief erschüttert, oftmals kamen mir Tränen. Was für ein Buch, was für eine Welt!

Ich möchte Dich scheu anfragen, kannst Du mir auf Ende dieser Woche einen Zustupf schicken? Ich gebe mir unendliche Mühe, sparsam zu sein, zu verzichten, doch es ist wirklich schier alles teurer geworden. Ich schaffe es kaum mehr. Ich muss mir unbedingt eine dreiviertelange Sommerhose kaufen. Zudem muss ich für meine schwer gewordenen Beine Weinlaub-Frische-Gel und Wallwurz-Gel kaufen, die helfen sehr (zusammen fast 30 Franken), das tut meinen kniearthrosegepeinigten Beinen erleichternd gut.

Käse kann ich mir nicht mehr leisten, usw. Selbst Gehacktes für Spaghetti bolognese wurde sehr, sehr teurer. Usw. Es ist gar nicht mehr schön.

Und ganz «in den Geist» zu entschweben, wie es Dir wohl gelingt, kann ich nicht (dafür habe ich die finanziellen Mittel auch nicht).

«Über allen Wipfeln ist Ruh» (ich zitierte aus dem Gedächtnis), ist mickrige Mär, die Welt (etc.) tobt machtgeil todestrunken. Eine allergrösste Unruhe hat global die Menschheit erfasst. Die kriegerischen Entladungen werden zunehmen auf eine kaum vorstellbare Weise.

Die Menschheit macht alles, sich selbst zu erledigen, und das ist ja fast schon ein Lichtblick.

Ich habe Albträume. Doch dann lache ich wieder über den **Irrsinn** dieser Welt.

Das Oberhaupt der orthodoxen Kirche, Patriarch Kyrill, ist vielfacher Multimilliardär, besitzt viele Luxusvillen weltweit (natürlich auch in der Schweiz), eine Luxusyacht, ist glühender Putin-Verehrer, o dieses perverse Schwein.

«Allgemein» gibt es kaum mehr was Gutes – sondern nur höchstens im Individuellen.

Und ob, dennoch: ich freue mich riesig auf die drei (vier?) «Fischauge»-Exemplare, die Du mir noch schickst (oder bereits geschickt hast, sie kommen dann wohl bald bei mir an).

Ich sage es krass: Die Welt soll verrecken, ich schreibe meine Gedichte. (Du hältst es ja auch so, ja? Du schreibst Deine elysische Philosophie **gegen alles**...)

Du bist ein LEHRER der Menschheit, das bewundere ich, respektiere ich. Ich kein «Schüler» von irgendetwas. Ich bin ausserhalb von allen gängigen «Kategorien». Ich bin ein ZACKENBARSCH-**LYRIKER.**

Nun habe ich aber wieder mal dralozürkt, ribafolurt, driwazulort.

Lach jetzt einfach bei einem Tee mit Ahornsirup. Und schwing Dich vergnügt bei Sonnenschein aufs E-Velo und kurve in erholende Natur.

Liebe Grüsse Paul

Lieber Ludwig

In Natsumes Roman gehts auch um Liebeseifersucht, aus der Schlimmes entstand. Ich schrie innerlich «neinneinnein!»

Zur Liebe gehört Eifersucht, lese ich in allen Büchern (Balzac!). Das gehört nicht zu mir! Meine erste grosse Liebe Maya warf mir einmal vor, sie sei beunruhigt, dass ich nicht eifersüchtig sei, als sie mit einem andern Mann turtelte. Ich sagte, «warum auch, wenn ihr euch mögt, liebt euch». Das begriff sie nicht. Ich hatte immer eine grosse Freude, wenn ein von mir geliebter Mensch auch von einem andern Menschen geliebt wurde. So schön!

Nur einmal in meinem Leben wurde ich kurz eifersüchtig auf eine mir sehr gut bekannte junge Frau, als sie mir einen Lustfreund ausspannte, der zwischen den Geschlechtern unschlüssig hin- und herschwankte. Doch diese Eifersucht dauerte keine paar Stunden, dann lachte ich und freute mich über diese beiden.

«Rasende» Eifersucht (oder so etwas) kannte ich niemals. Liebe mit Eifersucht ist nicht grösser als Liebe ohne Eifersucht.

Warum sollte eine Blume eifersüchtig sein, wenn ein Schmetterling noch andere Blumen liebt?

Ich glaube, da stehe ich allein auf weiter Flur, soll mir recht sein.

Dies ein Schnipsel aus meiner Biografie.

Salü

Paul

Lieber Ludwig

Du hast mir einen Youtube-Link mit dem Gossauer Pianisten Simon Bürki geschickt, das machte mir eine grosse Freude. Ich habe geraume Zeit im Internet geforscht. Hier darf man ruhig sagen: ein junges Genie. Es ist einfach schön, verinnerlichte und virtuose Vollendung zu hören. – Kennst Du ihn persönlich?

Heute war ich mit dem Velo in Arbon; Velofahren gefällt mir, zudem ist Bewegung ja immer gut, gesund.

War bei Marco. Ein Fest!

Alles Gute, dankend.

Paul

NEU:

Setz dich zu mir
Sonne

fliehe nicht

der Kranichruf
findet dich
überall

Ich schenke dir
die Freiheit
von Bindungen

im hüftrunden Weinglas
steigt die Sonne auf
fällt nieder

Leidenschaft
greift
ins Nichts

pg

Lieber Ludwig

Freitag- / Samstagnacht

Ich schreibe zurzeit nur wenige Gedichte, doch ich glaube, sie sind GANZ Ich. Ich erlaube mir wieder, zwei, drei Bilder in e i n Gedicht aufzunehmen, muss einfach schauen, dass es nicht zerfällt, sondern dass eine geheimnisvolle Einheit bewahrt bleibt – oder diese Einheit «wie selbstverständlich» schafft.

Manchmal habe ich «unendlich» viele Bilder in mir, die ins Gedicht drängen, manchmal habe ich keinen einzigen «Gedanken», *was* ich *wie* wortmalen möchte. Das ist von vielen Faktoren abhängig, die ich natürlich nicht so gut kenne. Klar, ich könnte viel darüber sagen, doch es wäre nichts gesagt …

Meine leichtfüssige Prosa hat Zuwachs erhalten, das freut mich.

Jetzt lese ich Pablo Neruda, Yasunari Kawabata und Ramon Llull, ist für mich herrlich. Ich liebe die WEITE Welt **in** mir.

Ich freue mich, dass die «Fischaugen»-Exemplare, die Du mir schenkst und der Zustupf bald bei mir sind: da atme ich auf! Das ist so schön, so gut – ich danke Dir.

Marcel macht mir sehr Sorgen. Ich befürchte, er versinkt in «geist-gesundheitlichen» Untiefen. Hoffentlich machts der Mai, der Mai gut (wobei zu sagen ist, dass ich nicht jahrzeitlich bedingt «euphorisch» sein kann). ((Doch gelassener als früher bin ich schon.))

Im ganzen Ukraine-/Putin-Gräuel wird von Militärstrategen und Politikern viel hirnamputierter Mist erzählt; Putin steht mit dem Rücken zur Wand, er wird geisteskrank (irrational) den Befehl, Atomraketen zu zünden, geben, das ist, psychologisch gesehen, unabwendbar. Doch davon hört man ernsthaft nichts.

Wir können wirklich nichts anderes machen, als die Liebesflammen der Kunst und des Geistes bewahren. Da bin ich Deiner Haltung vollkommen nahe.

Und sich in gute Musik versenken – immer wieder Mozart.

Was ist der Planet Erde mit *diesem Menschen* doch für eine Narretei, unfassbar, nicht nachvollziehbar. Ich träume von einem Stern mit Lebewesen *ohne* die Spezies Mensch. Ich glaube, den gibt es! Uns wird es nicht vergönnt sein, dies zu entdecken, zu erleben, doch im allertiefsten Lebenspuls dürfen wir sicher sein, dass es das IRGENDWO in der Unermesslichkeit des Unerforschlichen gibt. Das gehört zu meinem Glauben.

Die Schöpfung scheiterte mit dem Menschen. Dass Du, Ludwig, da anders denkst, finde ich gut. Du lebst aus einem Welt- und Lebensverständnis heraus, das ich begreife, bewundere – auch wenn ich zackenbarschisch davon abweiche. Die Schöpfung ist gut – ob diese beim Menschen gut ist, na, brr …

Die Geistesleistungen der Menschheit sind enorm, die Religionen sind enorm – auch wenn alles scheiterte.

Es kann gewiss alles «positiver» gesehen werden, sehr gut, ich renne da nicht an.

Ich sehe eigentlich bloss in der KUNST und der LIEBE, was das **wahre** Menschensein erreichen könnte. Sonst ist doch alles belanglos, ja gar schrecklich.

Ha, wie *jung* bin ich noch, derart zu reflektieren, hahaa. Die Alters*patina* meide ich wie den Teufel.

Ich liebe halt die singende LUST mit Mandarinenenten, Kahlkopfpapageien, Höhlenfischen, Sonnen, Türkis-vögeln, dem Waldbrustwurz, den Plejaden im Stier, sexuell potenten nackten jungen Männern, Haydns «Stabat Mater».

S LÄBE IST SO SCHÖN !!

Das Briefbuch «Zackenbarschiaden» ist etwas Gisi «light», das passt mir nicht ganz. Ich habe zu viel gekürzt, mein «Zorn» gehörte zu mir. (Ich denke <u>gut</u> vom Zorn.) Meine Affronts hätten gesagt und publiziert sein dürfen!

Wie es auch sei – egal.

Toll, dass es Dich so gibt, wie es Dich gibt, Ludwig.

Ganz härzligg grüsst

Paul

Lieber Ludwig

«Was ist schöner, als Gedichte zu schreiben? Gedichte zu schreiben.»

Ist das nicht ein Aphorismus?!

Im hüftrunden Weinglas
kreist
die Sonne

deine Zehen
werden zum Xylophon
wenn die Nacht
mich ergreift

ich schenke dir
meine Leidenschaft

Meine Gedichte für *«Als wir Fische Vögel Sonnen waren»* sind in einem permanenten Umwandlungsprozess, ausgreifend, sich zurücknehmend, neu verbindend im Aszendent und Deszendent des lyrischen Seinsbilds, «Fremdkörper» assimilierend, dissimilierend, weite Entfernungen vereinend −: potzdonnerbohnenblustnochmals, wie herrligg ists, Gedichte zu schreiben, in ihnen verwirklicht sich FREIHEIT.

Je älter ich werde, desto «jünger» werde ich, ich meine damit nichts Biologisches, sondern setze «jung» als Platzhalter der Freiheit, des zauberischen Alles-in-allem-Verknüpfens, der inspirierten Losgelöstheit, dem liebenswerten Inferno (jawohlll, gerade so!) aus den Traumuntiefen, dem Präglazialen an «Erkenntnis» (als obs das gäbe).

Paul

Lieber Ludwig

Ich war gestern recht lange und heute eher kurz bei Marco, so schön! mit diesem Freund zusammenzusein.

Jetzt höre ich Antonio Vivaldis *Dramma per Musica* *«Dorilla in Tempe»*, für mich gewöhnungsbedürftig, aber musikalisch und stimmlich sehr fein gesponnen: solistisch mit 4 Mezzo-Soprans, 1 Contralto, 1 Baritone. (Mal was ganz anderes.)

Dass Du, Ludwig so gut von meiner Kurz-Prosa denkst, freut mich natürlich sehr. Ich argumentiere und gegenargumentiere gleichzeitig, bis dass am Ende nichts mehr übrigbleibt: ja, genau so, Du siehst das treffend.

Zu Marcel, schriebst Du u. a., «es wird gut sein, wenn sich Du oder seine Schwester immer wieder über seinen Zustand erkundigen. Das zwingt die Betreuer, sich über ihr Tun Rechenschaft zu geben, damit sie Marcel nicht der Einfachheit halber mit beruhigenden Medikamenten abfüllen.» – Diese Aussage von Dir zielt auch ins Zentrale, doch die Situation ist so, dass Marcel zuhause ist und keine Betreuer hat. (Hat sich da ein Missverständnis eingeschlichen, oder verstehe ich nicht ganz?) Ich frage **täglich**, wie es ihm geht, was er geträumt hat, wie ich ihm helfen könnte, was er essen und trinken möchte, welche Filme er gesehen hat usw. Ich liebe Marcel sehr. Das sage ich ihm oft.

Seiner Schwester Sandra machte ich etwas Dampf, dass sie ihn mit seiner Mutter besuchen, bei einem Spaziergang am See und in einem Gartenrestaurant oder so. (In Marcels Wohnung kommt seine Mutter gestochen wie gehauen nicht.) Sandra ist völlig einverstanden, bei seiner Mutter harzt und knarzt es. Ich sagte, ich werde nicht mitkommen, sie müssten ganz en famille sein. (Seine Mutter blockt, wie lange noch?) Für Marcel könnte des Balsam sein, seine Mutter nach Jahren zu sehen – es könnte aber auch sein, dass alles Schlimme zwischen ihnen erneut aufgerissen würde, was verheerende Folgen haben könnte. Doch ich denke, das «Wagnis», dass Marcel bald seine Mutter sehen sollte, ist Vonnöten. (Ich kann nur bedingt einfädeln.)

Marcels Zustand ist <u>sehr</u> labil, doch es ist für mich eine riesengrosse Freude zu erleben, wie er sein Leben zu meistern versucht – und! – wie er immer wieder wie neu auf mich zugeht. Mit seinen dunklen verzweifelten Augen schaut er mich oft sehr fragend an. Das erschüttert mich. Ich gehe so viel ich kann freundschaftlich auf ihn zu, doch da sind halt die Grenzen nicht zu übersehen. Er verschiesst nur noch wenige Giftpfeile gegen mich, und die ignoriere ich einfach. (Ich habe Angst, dass es mich einmal «vertätscht», doch das ist gotteidank weit entfernt oder kommt niemals, ich weiss es nicht gesichert.)

Fischskelette
die Milchstrassen

Gott
ein Wrack

die Muschel
öffnet sich
und singt

«Gott ein Wrack»: damit meine ich nicht, dass Gott ein Wrack ist, sondern dass das Gottesbild des Menschen «ein Wrack» ist, ich lasse diese Aussage natürlich unkonventionell, antibürgerlich durchtrieben bewusst, absichtlich provokant im Vagen. Doch ich muss, will als Lyriker nicht bis <u>zuletzt</u> *deutlich* werden …

In meinem ganzen Leben war ich NIE geduldig, ich verdanke es Marcel, dass ich Geduld lerne. Er ist ein so liebenswerter Mensch, dass er es verdient, geduldig und sanft auf ihn einzugehen. Er braucht Einfühlung, was mir liebend möglich ist – aber was mir als Künstler nicht an erster Stelle steht, ich weiss. (Und Einfühlung leider nicht jederzeit verfügbar ist.)

Von Marcel habe ich schon viel, viel gelernt. Ich bin existenziell dankbar, mit Marcel leben zu dürfen. Jetzt lebt er halb- oder gar ganztagsweise allein in seiner Wohnung, was nicht gut ist. Doch da muss ich wohl lernen, dass dies gut für ihn ist. Er ist stark selbstständiger geworden, das freut mich, beeindruckt mich.

Ich habe Vivaldis *Dramma per Musica* **«Dorilla in Tempe»** längst mit **Verdis «Oberto»** gewechselt, Vivaldi ging mir auf die Nerven.

Das Gedichteschreiben für *«Als wir Fische Vögel Sonnen waren»* stockt, was mich aber nicht beunruhigt. Ich fühle zutiefst, es ist alles gut. Es gibt eine Zeit fürs Schreiben, es gibt eine Zeit fürs Nichtschreiben, und wenn ich nicht schreibe, schreibe ich ja doch … (ist ein Koan, brr).

HERRLIGGGG ists zu leben, mit Dir, Ludwig, mit Marcel, mit Marco, mit Lyrik von Giorgos Seferis, mit Belcanto, Aischylos`schen Pfeifen, pyrenäischem Käse und Wein, Sternengesang, Silberkopfstehern, Morpho-faltern, mit Abi in der Erinnerung (wir liebten uns in Perpignan sehr).

Ganz liebe Grüsse
von Paul Zackenbarsch

Lieber Ludwig

Mein Mail mit dem Satz «… und er (Marcel) ist jetzt in einer pschychiatrischen Klinik und leidet» stammt von Januar letzten Jahres (wenn ich mich recht erinnere): der Ozean des Internets hat diesen Satz wohl aufgewühlt …; die Mails tragen in der Regel ja keine Daten.

Nun, wie es auch sei: Marcel ist schon über ein Jahr wieder zuhause, und er kutschiert eigentlich bewunderswert gut durch die Gegend.

Manches ist bei ihm anders als bei andern, und gerade das macht mir ihn besonders sehr liebenswert.

Auf meinen Velofahrten, die für mich äusserst wichtig und schön geworden sind, schreibe ich immer wieder Gedichte; ich sammelte sie heute in meiner Höhle und war erstaunt über die Fülle (ich wusste es fast nicht mehr).

Ich wünsche Dir herzlich eine gute Nacht.

Dein Paul

Lieber Ludwig

Ich habe heute Abend, Nacht wiederum Johannes vom Kreuz vorgenommen, ich habe ihn in vier Bänden; er war mit grossen Leseabständen in den letzten Jahrzehnten immer wieder mein Lebensbegleiter. «Die dunkle Nacht der Sinne», «Die dunkle Nacht des Geistes» – mit der «Wolke des Nichtwissens»: alles, was mich tief berührt. Und dann auch seine Gedichte, die zum Grössten in der Lyrik und geheimnisvoller Liebesmystik der Weltliteratur gehören.

137

Es ist schön, für mich existenziell immer wieder Vonnöten, sich in ihn zu versenken.

Meine Gedichte, auf Velotouren am Bodenseeufer geschrieben (es sind manche), müssen nun die letztgültige Aussageform, Bildhaftigkeit finden, indem ich kürze, verbinde, ergänze, umschichte, verlängere, verkürze, jenachdem. Kein Wort darf zu viel sein, kein Wort darf zu wenig sein. Die Bilder innerhalb eines Gedichts müssen miteinander korrespondieren, einander weit auffächernd ergänzen, einander «ins Freie» führen, ähnlich sein, mitunter unähnlich sein. Die Balance muss (auch im Rhythmus, in der Melodieabfolge) stimmen, darf aber, je nach Absicht, auch schrill unausbalanciert sein.

Ich arbeite mit kritischem Kunstintellekt, manchmal pfeife ich auf diesen und schrabolufaziere wild drauflos. Beides! ICH BIN FREI !

Zurzeit sind die Schleusen meiner Fantasie sehr oft völlig offen, was herrlich ist, und ich möchte ALLES sagen, was aber überhaupt nicht geht! Zähneknirschend muss ich immer wieder eine AUSWAHL treffen, um ein armes Gedicht nicht zu überladen. Ha!

«Als wir Fische Vögel Sonnen waren» wird ein grosser Lyrikband, absolut einmalig in den Traumkatarakten, in der Diaphanität der Lichtstrahlen in die Geschöpf- lichkeit, ins weite Ausgreifen kosmischen Inflammierens. Und all das immer nahe in zeitloser, aber Du-bezogener Liebeslustekstase. In all meiner «Verrücktheit» bin ich ein KONKRETER LYRIKER, das sieht wohl kaum jemand.

(All meine kuriosen Tiernamen sind nicht erfunden, die gibts.) Ich «erfinde» eigentlich niemals etwas, ich **SEHE**. Ich tauche ein ins Grenzenlose und versuche, davon zu reden. Wenn mir das gelingt, ists ein Glück.

Meine Liebe zum Sein ist sehr stark, aber nicht diffus, ausschliesslich geistig, sondern in einer sinnlichen Immanenz, vom Enthaltensein in allen Dingen, die dadurch, dass sie sich selbst sind, über sich hinausweisen.

Doch ich bin kein Philosoph, ich bin Lüüricker.

Jetzt ist 2.30 Uhr (nachts), Marcel war in St. Gallen, ist noch nicht zurück. Ha, was bastelt er da wieder? Ich hoffe, es kommt gut.

Ich wünsche Dir herzlich einen guten Sonntag, Weiser in der Gossauer Bergstrasse.

Liebe Grüsse

Paul

Früher, als Marcel lange nicht kam, weinte ich, konnte stundenlang nicht lesen, hatte pure Angst. Heute lachte ich, ich weiss, er ist ein Stehaufmännchen, er will leben. Dann kommt er halt nicht. Jetzt ist 3.15 Uhr. (Ich muss gestehen, ein bisschen ist mir das auch egal geworden.) Ich bin sein Freund – aber nicht seine «Bemutterung». Er ist 51-jährig, voilà. Ich bin absolut frei ihm gegenüber. Ich helfe ihm gern, doch wenn er nicht kommt, kein Telefon abnimmt, kein SMS beantwortet, wirds mir egal, dann lasse ich ihn gefühlsmässig sausen.

Seine Freiheit zählt – so wie meine!!!

Die Erde dreht sich. Ich mich auch!

Bin gespannt – ohne jede Angst – auf Marcel heute Sonntag.

Vermutlich kommt er munter in mein Schlafzimmer gehüpft.

Ansonsten bekomme ich wieder mal von der Notfallstation ein Telefon. Huu. Was solls. Ich bin kein bisschen beunruhigt. `s Läbe!

Paul

Ich erkenne mich
im Verlangen nach dir
in allen Winden

der Teleskopschleierschwanz
und Canopus
schauen sich an
und fallen liebeslusttrunken
ineinander

hinter dem Horizont
lacht die Sonne
bereit für den Kuss

                    pg

141

Nachtvisionen

Als die Welt aus den Fugen ging

Die Welt ging schon immer aus den Fugen, dachte A., das ist mitnichten was Neues, dachte A., jetzt ists halt wieder mal so weit, weltweit geht alles aus den Fugen, dieserart ändert sich nichts, dachte A., das Kraut fürs Zusammenleben wurde noch nicht gefunden, alles irrt wirr wie bis anhin umher, in all diesen Verwucherungen ist nichts mehr zu sehen, verkrautete Gedanken allerorten, wobei es überrissen ist von Gedanken zu reden, Schlappeimer die Menschen, dachte A., was ihn erregte, quick werden liess, da es ihm nicht einfiel, auch aus den Fugen zu geraten, A. wusste kaum mehr aus und ein, doch er wusste, nun musste er anfangen.

Lieber Ludwig

Ich lese, um nicht gänzlich ein Mystiker zu werden, römische Satiren (Ennius, Lucilius, Varro, Horaz, Persius, Seneca, Petronius), da hat es viele, viele grossartige Lesestellen: ein Fest!

Krrrr, dass ich zuweilen vergnügt widersprüchlich bin, ist bekannt und darf so sein, meine ich. Ich schickte Herrn Rüdiger Heins von der «eXperimenta» ein paar der neusten Gedichte, die Zeitschrift hat doch 22 000 Leser. Ich weiss nicht, ob Herr Heins noch gut auf mich zu sprechen ist, ich lehnte vor Jahren seine Freundschaft, die er mir anerbot, ab.

Ich denke aber, er müsste meine Gedichte einfach lesen und für gut befinden. Diese Annahme darf natürlich, ich bin mir dessen wohl bewusst, nicht telquel postuliert werden.

Krimskrams alles. Ich lebe meine LIEBESGEDICHTE, das zählt für mich.

Meine Welt grüsst lieb Deine Welt.

Paul

Du bist die Insel
für meine Blumen
für den Wind
den flammenden Kuss

in mir
sonnenirr
die trunknen Steine
der Erinnerung

glaub mir
ich fliege fort
weit fort
in dein armes Herz

Lieber Ludwig

Das ist das Horner Liebesgedicht von heute Nachmittag.

Heute Vormittag schriebst Du mir: «Mein neuer Titel: ``Deiner Bitte füge Ich Vollenden zu`` ist seit Montag bei BoD aufgegleist.»

Hinten bei «Im Fischauge die Welt» listete ich Liebesgedichtbändchen von mir auf, so heisst es unvollständig «Lichthin in deinen Pupillen», da ist mir ein Fehler passiert, es heisst richtig «Lichthin in deinen **schwarzen** Pupillen». Ich nehme das gelassen, macht nichts, wir sind keine Roboter und dürfen seelenruhig Fehler machen.

Briefe sind wie der Wind, sie drehen die Richtung, ist doch gut.

Dafür entdeckte ich bei BoD Dein Buch «Graphische Pendeleien. Faszinierende Verkreisungen», das ich nicht habe, was mich bekümmert. Ich schrieb Dir auch schon ein-, zweimal, dass ich Deine Pendelleien eigentlich eher als wichtiger einschätze als Dein seinsphilosophisches Riesenwerk, wobei ich dieses auch sehr hoch schätze. Deine Pendeleien sind eine absolute Weltneuheit in der (grafischen) Kunst!

Deine Texte sind wie in Trance geschrieben, das macht sie oftmals schwierig nachzuvollziehen, sie sind eine höhere Seinstrunkenheit, eine «Liturgie des Fingerspiels» im Sinn von «nutze jede noch so flüchtige Gelegenheit zum Seinsverwandeln», was sie auch absolut unverwechselbar zu Deinem Denk- und Sprachkosmos machen lässt. «…, bist du wie von Sinnen auf der Liebe Götterspur», lese ich bei Dir. In Deinen Texten kommt grosse Sanftmut und liebevolle Zärtlichkeit fürs Leben zum Ausdruck, nur selten eine alttestamentarische Prophetengrimmigkeit. Alles in allem eine grossartige Prachtentfaltung Deiner Visionen.

Ich schrieb schon einmal, Deine Pendeleien sind wie mozartische Perlen *absichtsfrei,* was ich zum Grössten zähle.

Meine Gedichte, so glaube ich, sind in meinem Bemühen absichtslose, vielfarbene BILDER des Lebens, der Liebe, die ein jeder in seinem Herzen weit ausschwingen lassen darf; sie bedürfen keiner Interpretation (siehe mein Vorwort im «Fischauge»).

Vermutlich erreichen Dich diese Zeilen heute Nacht noch, ansonsten kommt morgen wieder ein Tag.

Liebe Grüsse

von Paul

Guten Morgen lieber Seinsphilosophischer und Gotttrunkner, vielleicht finden Dich diese paar Gedichte des alten liebeslusttaumelnden Zackenbarschlyrikers.

Du blickst mich an
WIE EINE SCHLEIEREULE
ich bete dich an

Umschlungen
von deiner Ferne

Sich zu öffnen
den kaleidoskopfarbigen Formen
deines Körpers
deines Geists

Glockenflockig
die Verwandlungen
der Wind im Schilf

Den Strom zu befahren
in dir
eine Purpurrote Taubnessel
an deine Brust heften
in der Expansion des Weltalls
WIR VERSTEHEN UNS

Geist wie klares Wasser
   dein Atem
   ein Tor zum Leben
     zur Liebe
     zur Lust

Silbrige kiemenäugige
Seesternmuschel
dein Lachen

Ich flüchtete fliegend über den breiten brennenden
Strom, über den die Verfolger mir nicht folgen konnten.
Am andern Ufer atmete ich befreit auf, begann zu singen
und traf auf einen seltsamen Menschen – auf mich selbst;
ich wurde von mir selbst längst erwartet.

Ein Grüsslein aus meinem Traumland.

Paul der Halbheilige

Mit dem Heissluftballon
verkehrt herum
Gashülle unten
Korb oben
ins Meer eintauchen
zur Verwunderung
der Fische

Lieber Ludwig

Mein surrealistischer Puls tobt sich aus, mir ist das entgegenkommend lieb. Steckt darin auch keine «Wahrheit», steckt doch fantasieverschlungne Traumwirklichkeit darin. Und die darf in sich stimmig sein, muss nicht aufschlüsselbar sein. ICH TRÄUME, DEUTE DIE TRÄUME NICHT.

*

Andersherum nicht

Die ganze Situation als verrückt zu betrachten, fiel mir nicht ein, ich dachte eher, wie banal alles sei, die Sonne ging auf und unter, wie sich das schon wacker lang gehörte, du versuchtest folgerichtig, eins ums andere zu lösen, was nicht aufgehen konnte, da nichts Folgerichtiges bekannt war, man konnte noch so lange nachdenken, es blieb arg verzwirbelt, hiebundstichfest unauflösbar, was mich freute, denn sogenannte Lösungen haben mehr mit Kurzschluss zu tun als mit sonst etwas Nützlichem, das sage ich als Fachmann des Lebens, doch mir da einzubilden, etwas Fachmännisches gesagt zu haben, fällt mir natürlich im Ernst nicht ein, ich bleibe gelassen ratlos, andersherum nicht.

*

Zu meinen neuen gewichtlosen Gedichtflimmer-fläumchen passt, so meine ich, diese einfache, vertrackte, leichtluftige Kurzprosa ganz gut. Ergibt sich da einmal ein Büchlein? Ich hoffe es, doch ich werde mir monatelang viel, viel Zeit lassen, denn ich schüttle diese ja auch nicht aus dem Ärmel, sie wollen im «Nichtdenken» gut durchdacht sein. Ungisisch gisisch, so.

Den Titel habe ich bereits, doch, olé, ich werde ihn aber noch mindestens zehnmal über den Haufen werfen, so ist das halt. Es ist eine nicht vergleichbare herrliche Sache, in das OFFNE DER SURREALITÄT einzutreten, über, vor, hinter, unter, nach der «Realität» vorbeihuschende Wirklichkeit einzufangen, loszulassen, die es gibt, dadurch, dass man sie *sagt*. Aus den Höhen, Tiefen, Wirrnissen der Träume, des Unterbewusstseins.

In der Kunst, bin ich versucht zu sagen, gibt es keine Realität, sondern nur *Interpretationen* der Realität, unendlich viele Positionen, Verwandlungen, Ver-fremdungen, Verinnerlichungen, Perspektiven, Auf-hebungen der Eindeutigkeiten. Dem Individuum steht das ganze Weltall zur Verfügung, in astronomischen und mikrobiellen Räumen. Verknüpfen, vernetzen lässt sich alles, man muss nur *beginnen*!, indem man Allbekanntes genüsslich über Bord wirft und ins «Ureigne», Nochniegesagte vorstösst. DIE AUGEN ÖFFNEN für alles.

Der Künstler ist ein Erfinder der Riffelungen, Verschattungen, Aufhellungen, für alles Geräusch-rieselndes des Daseins, das sich versteckt oder irgendwo offenbart – oder schöpferisch zu erfinden ist.

«Wirklichkeit» ist noch lange nicht *geleistet*, es gibt viel zu tun. Der Künstler ist ein Erfinder mit neuen Verfahrensweisen der Worte, der Farben, der Töne, der Formen; die Wirklichkeit wartet darauf, neu komponiert zu werden. Die Sichtweisen, Ansichten sind in den kleinsten Zellen transzendent. Der Sur-Realismus ist in meinen Augen prädestiniert, Grenzen zu überfliegen. Höhlen zu entdecken. Luftschlösser zu bauen.

Es geht nicht darum, auf krummen Zeilen gerade zu schreiben, sondern das Krumme krumm bleiben zu lassen, neu zu biegen, neu aufzufächern, Angeschlämmtes zu bearbeiten, Blasses zu bepudern, neue Richtungen aufzuzeigen, Emulsionen zu vergrössern, an keine Flugdauer zu denken, da alles, wenns wichtig ist, grenzenlos, zeitlos ist.

«Natur» dient mir nicht als Vorlage, mir ist das Unerforschte, Unbekannte, Sichverändernde, Spontane des Einfalls, Dasübersichausgreifende, das Unermesslich-Ureigene, das Sinnliche, die existenzielle Schauer, das stets Sichüberwechselnde wichtig. Abstraktes in der Lust. Nachtvisionen. Wild durcheinander, zusamt mit dem Nichts, des Seins, beides. Abstrakt/konkret, da zu unterscheiden bringt nichts. Hingehaucht, pastos. Homochromie (Gleichzeitigkeit) der Umwandlung.

FREIE BAHN!

Heute telefonierte mir Marco, es war so schön. Er kann nicht mehr schreiben, da die Tastatur nicht mehr kommt. Mit der Elektronik ist halt oft was los.

Ich «brauche» die Elektronik auch, doch innerlich wäre ich bald bereit, auf sie zu verzichten. Nach meinem

«Milchstrassenstaub» bin ich in neue «Entfernungen» gerückt.

Du, Ludwig, widmest Dich, so stelle ich mir vor, Deinen Bildern, Deinen Texten. Ich freue mich stets, wenn Du ein Bild schickst. Und auf Deine Texte hoffe ich auf den Herbst hin?

Das Weibelsche Element ist eine Wirklichkeit für sich, absolut faszinierend.

Wie geht es Dir, Freund? Bist Du zwäg?

Ich danke Dir für alles, alles.

Herzlich grüsst

Paul

Nicht nur
   hinknien vor dir
     sich hinlegen
   unter dein Augenlid
   BLAUTAUMELSCHWER
       s i n g e n d
     ohne die Zeit zu kennen
     im Hohelied der Nachtigalldrossel

Eine STURZFLUT
   deine Stimme
nachts
im Sturm der Begegnung

ROTGÜLTIGERZ
KRISTALLIN
DEIN AUGE

Zylindrische Zederzapfen
im Herzschlag
dort wo das Weltall rumort
NIEMAND
KENNT SICH BESSER AUS

pg

Ludwig, in Dein Herz gesagt:

Hin und her flutend
das durstige Flimmern
auf und ab tanzend
die Fruchtflöckchen
am Rand des Himmels
im zärtlichen Flüstern
der weissen Dahlie

Im *Dornauge*
bluten Jahrtausende
glitzern Sterne
wie Plankton
jetzt zu schweigen
ist Anbetung

Die Weisheit
der Leere
winkt dir zu
im kristallklaren Raum
der Fülle
wir lachen
fliessend umarmt

Aussen ist Innen
Innen ist Aussen
aufflammmend
auf dem Weg
zu dir

Mildiglich ists
erstummend
zu vergessen
die Irrwege
sagt man
sage ich
aber nicht

Dies, lieber Ludwig, aus meiner Nacht gefischt, in Deinen guten Morgen gelegt.

Liebe Grüsse vom Paul

Lieber Ludwig

Ich nehme an, dass Du meine Gedichte des «unbekannten Zeitmasses» erhalten hast. Ja, auch hier gilt natürlich: es eilt für BoD nicht. Ich freue mich einfach jetzt schon, wenn es soweit sein wird.

Nach den sprachlich komplexen «Milchstrassenstaub»-Gedichten wende ich mich ganz *einfachen* Gedichten zu, da und dort poetisch kurz aufblitzend, jedoch scheue ich die Nähe *zu Gedanken* nicht. Es wird wiederum ein neuer Gisi! Durch und durch – anders und gleich – ganz ich. Ich schicke Dir dann eine Hampflete, sobald ich Zeit finde.

Die Lyrik wurde in den letzten 3000 Jahren überhaupt nicht ausgeschöpft, es bleibt für mich so ziemlich alles offen: herrligg! In der weiten Gesamtschau des Individuellen.

Gestern war ich beim Arzt, da die Schmerzen im linken Bein unerträglich wurden. Die Medikamente vernebelten mich wohl ein bisschen, henu, heute ist es schon besser …

Du musst ja am 17. ins Spital, teile mir dann bitte bald mit, was wie warum worauf es aussieht. Meine Gedanken sind halt viel bei Dir.

Meine Wohnungssituation ist recht, ja gut, doch mit dem Lebensunterhalt bin ich unter der Armutsgrenze. Das ist schrecklich. (Ein IV-Empfänger oder Sozialhilfeempfänger hat mehr.)

Und ich lebe zurzeit arg im Clinch mit dem Salt Shop in Rorschach und mit dem Immobilienbüro meiner Wohnung. Es fielen (des Kochherdes wegen) heftige Worte!! Ich mag solche Konfrontationen eigentlich nicht, bin jedoch nicht gesinnt, ihnen «der Bequemlichkeit halber» auszuweichen. Manchmal muss man gegen das ganze konventionelle verhärtete Wirtschaftsgesocks frontal lospreschen.

Ich bin sehr, sehr gespannt, wie es mit Deinem Schreiben weitergeht … Du hast Dich seit Jahrzehnten im besten

Sinn in Dir, im Sein, in Gott tief verankert, das ist wunderbar – doch ich erlebe immer wieder, dass auch Du für Neues in der Variabilität des sprachlichen Gestaltens offen und «erfinderisch» bist, das gefällt mir sehr.

Du bist ein grosser sprachkünstlerischer Seinsphilosoph und so bescheiden darin, doch ich sehe das als DEIN Verdienst (und nicht so sehr als jenes des «Auftraggebers», des Geistes schlechthin). Nur festgefügt im Irdischen verwirklicht sich der Geist. «Geist über allen Wipfeln» gibt es nicht. Da kennen wir zwei die geriffelten und weit gespannten Unterschiede in unserm Denken. Und das darf doch auch sein, ja? Du gehst unbeirrbar Deinen Weg, der für Dich der richtige ist; ich gehe immer wieder irrend meinen Weg, der für mich der richtige ist. Ich liebe den Irrtum sehr, mag die Ungesichertheit. Das «Festgefügte» einer Religion ist mir fremd, gehört nicht zu mir. Ich liebe das OFFENE, das *alles* in Frage stellt.

Aus den unterschiedlichen Biografien unseres Lebens liesse sich einiges «erklären», doch darauf kann ich nun nicht eintreten, ich weiss im Grunde viel zu wenig über Dein Leben. Das Individualpsychologische spielt für die Voraussetzung einer (Glaubens-)Philosophie eine existenzielle Rolle, denke ich. Doch das ist eine grössere (denkerische) Geschichte …, die ich zurzeit nicht zu leisten fähig bin. Ich konnte hier bloss punktuell weniges andeuten.

Als ich von Basel nach St. Gallen kam, fehlte mir der konfrontative künstlerisch-geistige Diskurs völlig, die Künstler hier zelebrieren sich weihevoll selbst und klopfen sich auf die Schenkel und sagen: schau, wie gut ich bin, auch wenn sie blosse verwässerte Nachahmer sind. Das tat ich natürlich kund – und so schnitten mich ausnahmslos alle.

Damit wurde ich innerlich leicht fertig, doch vergessen kann ich das nicht.

Mario Andreotti lud mich – Du wirst das auch erhalten haben – zur Buchpremiere seiner Neuauflage «Die Struktur der modernen Literatur» ein. Er schrieb: «Über Ihre Anwesenheit als arrivierter Lyriker würde ich mich sehr freuen.»

Ich stimme mich jetzt tief ein für meine allerneuste Lyrik, die, das Numinose streifend, sehr leicht sein soll (und da und dort auch verkürzt vergnügt schnippisch sein darf). Sprachlich knapp, inhaltlich w e i t. Ich bin glücklich, diesen neuen Weg gefunden zu haben.

JA ZUM LEBEN!, das ists.

Gell, wenn Du meinen «Milchstrassenstaub» in die BoD-Form getan hast, schickst Du mir alles zum prüfenden Überfliegen. Doch lass Dir seelenruhig viel Zeit. Die Erde dreht sich noch eine Weile.

So viel, so wenig.

Ganz herzlich grüsst

Paul

«Cembalosilbrig im Wind» mache ich nun in meinem eignen Verlag, der ist halt eine alte Liebe von mir. (Über die Kosten graut es mir, doch irgendwie wird, muss das gehen.)

Klammergeheftet, 20 Seiten. Es werden ca. 60 bis 80 (oder mehr) Gedichte sein (ich zählte sie nicht). Mir ist das ein schöpferisches Herzensanliegen. Diese Broschur

schwingt sich nochmals zu LIEBESGEDICHTEN auf,
kreuzundquerbohnenblustnochmals!

Ich bin glücklich, noch nicht alle Gedichte zu haben, es
fehlen zurzeit ca. 20 Gedichte. Aah, das ist sooo schön,
ich werde in den nächsten Nächten voll und ganz für
diese da sein.

Dass mein «Waldkauz» nun nicht auf dem Umschlag der
«Entfernungen» figurieren wird, macht nichts, er kommt
ja am Anfang des Buchinnern. Voilà.

Farblich kannst Du den Umschlag so machen, wie Du es
schön findest, das ist gut. Nur das Grün, Du weisst
darum, mag ich nicht so ganz in allen Kombinationen. (O
so subjektiv ist man halt.)

Ich bin Dir unendlich dankbar für alles, Ludwig.

Ganz herzlich grüsst Paul

Mozarts Quintett
für Klavier Klarinette
Oboe Horn und Fagott
KV 452
wie ein Tuschbild
von Sengai

Du bist
Chagalls *blauer Geiger*
SEHNSUCHT
LIEBE
M U S I K

Der Baum
lächelt
im Wind

pg

Lieber Ludwig

Vielleicht findest Du heute Sonntag eine **Zeitinsel**, meine neusten Prosa-Schurrpfeifereien zu lesen. (Vielleicht haben sie noch nicht überall den letzten sprachlichen Feinschliff.)

Heute war ich bei der Bootsvermietung, traf Marco. Sein WESEN ist überwältigend elementar, zudem ist er sehr schön. Ich träume oft von ihm, das ist herrlich. (Mein Unterbewusstsein, meine Seele, weiss, was mir guttut.)

Siehst Du, Ludwig, schon ein bisschen konkret, wann Dein neues Buch kommt? Ich freue mich riesig darauf!

«Als wir Fische Vögel Sonnen waren» (dieser Titel bleibt!) bekam neue lyrische Farbtupfer, Formmodulationen.

Ich wünsche Dir ganz herzlich einen schönen schöpferischen Sonntag.

Paul

L.

Die Hinter-, Vorder-, Neben- und sonstigen allerlei Beweggründe blieben Abgründe, obwohl zu sagen nicht ganz vergessen werden dürfte, dass es niemandem klar wurde, warum dieses aufkommende Chaos sich nicht verhindern liess, da die Situation für L. eigentlich als gefestigt hätte betrachtet werden können, es war nicht daran zu denken, dass es Brenzligkeiten, Verfänglichkeiten, Fatalitäten, die nicht zu überblicken und zu meistern gewesen hätten sein können, unvorhergesehener Grösse auftauchten, im Nu sah sich L. Inkommensurabilitäten gegenüber, die ihn anfänglich baff werden liessen, da er es gewohnt war, innerhalb gewisser Gesichertheiten zu leben und zu denken, doch da es nun schien, dass eigentlich alles, was ihm einst lieb war, ins rumplige Rumoren sich nicht mehr rückveränderbar umgestaltet hatte, sagte sich L., das ist aber eine Sache und gar nicht so schlecht und trottete vergnügt weg!

Wichtige Angelegenheit

Da die Angelegenheit dermassen wichtig war, kommt es, sagte sich die Frau, darauf an, dass ich bleibe, und wenn ich gehe, bleibt die Angelegenheit immer noch dermassen wichtig, unbekümmert ob ich bleibe oder gehe, es wurde konfus, die Frau blieb ohne Überzeugung, und dann ging sie dennoch, hin und her abwägend, was eigentlich besser sei, immer die Wichtigkeit der Angelegenheit im Auge, sie schloss die Augen, als sie sie wieder öffnete, wusste sie nicht mehr, ob sie geblieben und fortgegangen sei, nun, die Angelegenheit war dermassen wichtig, dass nichts mehr zählte.

Begegnung

Zum abgemachten Datum zur abgemachten Zeit am abgemachten Ort trafen sie sich, beide wussten nicht mehr warum, dem aber keine Bedeutung zugemessen werden kann, denn es stimmte alles wie abgemacht, deshalb gab es auch keine Beunruhigung, beide sahen sich an, daran konnte kein Zweifel bestehen, denn was man sieht, kann nur schwerlich geleugnet werden, und sie *sahen* sich an, doch eine zunehmend schwankende Ungewissheit bemächtigte sich ihrer, könnte es nicht dennoch eine Täuschung sein, das, was man sieht, beide begannen die Fassung zu verlieren, obwohl ja alles abgemacht war.

Ein Weg ein Ziel

Es wurde gesagt, dass alles eindeutig sei, man müsse nur den Weg nehmen, der immer geradeaus ginge, dann käme man ans Ziel, Tobias hat sich dies eingeprägt und ging geradeaus, bis der Weg eine scharfe Krümmung vorzeichnete, da musste Tobias lachen, das dürfte kein Problem sein, denn nach der Krümmung ging es wieder formidabel geradeaus, so wird alles eingehalten, das mit dem Geradeausgehen, Unerwartetheiten konnten Tobias nicht beeindrucken, solange nicht alles verzickzackt wurde und man nicht mehr wusste, wo rechts und links zu liegen hätten, ists harmlos, inzwischen vergass Tobias, was sein Ziel hätte sein sollen, was ihn aber nicht beunruhigte, denn ein Ziel ist ja immer etwas Fragwürdiges, solange er einen Weg unter seinen Füssen hatte, wenn auch längst nicht mehr geradeaus.

Beiläufig einflechtend

Es ist leicht zu sagen, was schwer sei, es ist schwer zu sagen, was leicht sei, so begann der Redner seine Rede, kein Zuhörer wusste, worum es geht, der Redner stellte dar, widerrief, kurozinzzelte, entwarf Zusammenhänge, verwirrte wild drauflos, alles immer beiläufig einflechtend, man wusste nicht, ob der Redner noch alle Tassen im Schrank habe, worauf es aber in einer prächtigen Rede nicht ankommt, das Thema muss fest wie Gips sein, beiläufig Einflechtendes hin oder her, ob etwas schwer oder leicht sei, ist eine Standpunktfrage, die der Redner aber geflissentlich ausser Acht liess, denn er konnte unmöglich alles besprechen, als er zum Schluss seiner Rede ansetzte, er hatte nicht mehr viele Zuhörerinnen und Zuhörer, flocht er beiläufig ein, so ists oder nicht, und es schien, als hätte der Redner seine Rede doch noch auf einen Punkt gebracht, nur wusste er selbst nicht, welchen.

Es sprach sich nichts herum

In der Regel wird jedes Wort ein Gerücht, man muss sich nicht darum bemühen, das geschieht einfach wie von selbst, ohne dass jemand das verhindern könnte, da setzte O. ein ungeheuerliches Gerücht in die Welt, die Fensterscheiben hätten klirren müssen, doch nichts klirrte, nichts geschah, es sprach sich nichts herum, niemand nahm von diesem Gerücht Kenntnis, es entbrannte kein Lauffeuer an Empörung, niemand wollte etwas gehört haben, da wurde O. traurig.

Richtig falsch

Es war nachgerade richtig zu sagen, dass es falsch gewesen sei, die Meinungen dazu waren nie eindeutig, man wusste nicht, woran man war, die Standpunkte waren unklar oder sogar nicht vorhanden, was alles vielfach erschwerte, es hätte ein Mass gegeben haben müssen, etwas wie einen Urmeter, von dem aus man hätte messen können, um zu einen Urteil zu kommen, doch so etwas wie einen Urmeter für diese Sache war nicht aufzufinden, was absolut verständlich ist, war doch alles äusserst unverständlich, es erwies sich, dass es urkomisch katastrophal unmöglich war, in Richtung irgendeiner Abwägbarkeit etwas zu finden, was einer Entscheidung, Stellungnahme nahe gekommen wäre, es waren keine Ansatzpunkte hiefür feststellbar, es blieb alles ein Lüftchen, die dringliche Wichtigkeit nahm zu, doch ich habe vergessen, um was es ging.

Lieber Ludwig

Der Titelvorschlag von mir, «Ich erkenne mich in meiner Ferne», ist etwas «allerweltverwässert pseudogescheit, er ist nicht exquisit speziell individuell – es ist kein gisischer Gongschlag.

Bei Deiner Zusendung stand *«Rabuzzinzeleien»* das gefällt mir zunehmend besser. War das ein gezielter Vorschlag von Dir – oder einfach ein Platzhalter?

Behältst Du Dir dieses Substantiv, diese köstliche Worterfindung, abgeleitet von meinem Verb «rabuzzinzeln» (das Dir bekannt ist) für Dich selbst vor?

Ich mag «Rabuzzinzeleien» sehr, fände es passend fürs
Briefbuch. Was meinst Du?

Salü

Paul

Mein neuer Lyrikband "Nichtwissen des Winds" stürmt
übers offne Meer ...

Mich zerreisst
deine Schönheit
Geliebter
mit Sturmböen
fliegst du
über meinen Körper
ich brenne
wenn du nahe bist
ineinander zusammenfallend
im Orgasmus
sprengen wir
das Weltall

     *

In Mozarts Violinkonzerten
hält die Welt
den Atem an
GLEISSENDE SCHÖNHEIT

     *

Ein Vogel
man kennt seinen Namen nicht
hockt
auf der Starkstromleitung

und tut so
als ob er das "Tagebuch des Verführers"
von Kierkegaard
lesen wollte

Ich wünsche Dir einen "verrückten" schöpferischen Tag.

Salü

Paul der Zackenbarsch

Lieber Ludwig

Nun habe ich Deine vielen Bilder lange, lange angeschaut und bin begeistert. Es sind alle sehr schön, in einige verliebe ich mich heftig! Was für ein Fest für Auge, Seele und Geist.

Ich habe alle für mich gespeichert, so dass ich sie immer wieder betrachten kann, sie auf mich einwirken lassen kann.

Heute war ich bei Marco, lernte zum ersten Mal seinen Schatz Bettina kennen. Sie ist ein sehr liebenswerter, vifer, sensibler, künstlerisch tätiger Mensch, ich verstand mich auf Anhieb ganz gut mit ihr.

Marco und ich umarmten uns immer wieder in ihrer Anwesenheit; als ich Marco fest umarmte und sagte: «Du bist ein wunderbarer Mensch», strahlten Bettinas Augen. Es war eine vollkommene Harmonie unter uns drei. O so schön! Er umarmte mich immer wieder spontan. Wir beide konnten von uns kaum genug bekommen.

Die Gedichte, die ich ihm im Bilderrahmen schenkte, gefielen ihm tief, er nahm immer wieder meine Hand, schaute mich fest an und sagte einfach: «Paul».

Er schenkte mir einen Zackenbarsch, den er selbst geschnitzt hatte: einfach wunderbar. Ich schicke Dir demnächst ein Foto. Unterm Fisch steht «Paul Zackenbarsch».

Es war ein Zipfel Himmel bei Marco und Bettina. Als wir uns trennten, musste ich weinen, er hatte auch feuchte Augen und konnte nicht mehr sprechen …

Die Zeit bei Bettina und Marco tat mir so gut. Ich darf immer zu jeder Zeit zu ihnen kommen, versicherte mir Marco. Bettina nickte dazu und sagte: «Ja, Paul.»

Was für ein Lebensgeschenk, für ein Glück, zwei solche Menschen innig nahe zu kennen!

Marco hat einen sehr starken Charakter, ist sensibel, sehr schön. Ich bin verzaubert von ihm.

Ludwig: wie ist es: schickst Du mir drei oder vier Exemplare der «Zackenbarschiaden»? Oder sollte ich selbst bestellen? Sag es einfach.

Dir, Ludwig, alles Liebe und Gute, herzlich grüsst

Paul

Für meine Liebesschmuckschatulle:

Dein Körper
wie Federgras
    leicht
        schlank
SILBERSTRÄHNIG
IM WIND

Ich schenke dir
meine Alabasterschatulle
mit Goldstaub
für dein Lied

So nah so nah
ist deine Ferne
lass mich
in ihr ertrinken

Einssein
    Leidenschaft
        Feuer
in deinen Armen
offen für alle Erscheinungen
verkörpert in dir
IN DER GLUTMITTE DES WINDS

            *

Lieber Ludwig

Ich hatte ein langes, sehr gutes Gespräch mit Marco, er wächst mir noch tiefer ins Herz. Die Schatten einer leichten Beunruhigung meinerseits haben sich verzogen. Das ist so schön, dafür bin ich dankbar.

Er, der Erdgeist, hat so sehr Sehnsucht nach dem Luftgeist, um es so zu sagen. (Er sieht mich als Luftgeist.) Wir sassen uns gegenüber, da zündete er eine Kerze an. Wir schwiegen lange. Mich durchbebte es innerlich. Dann drehte er sich eine Zigarette und ich rauchte einen Cigarillo; wir schauten uns an – und lachten! Es war der Himmel.

Dir, Lu, ganz liebe Grüsse. Paul

Lieber Ludwig

«Als wir Fische Vögel Sonnen waren» nenne ich nun doch «LIEBESGEDICHTE», denn eigentlich hat alles, was ich jetzt schreibe, direkt (oder indirekt) mit Liebe zu tun, mit der Liebe zu den kleinsten Lebewesen, über den Menschen bis hin zum Kosmos.

Ich bete dich an
Ameisengrille
Dickkopfschildkröte
humoriger Hummer
und wenn mich
Fische Vögel Sonnen
umarmen
bekomme ich
einen Orgasmus

Der Atem
kreist
um die ferne Mitte
Sterne
kreisen
um die Wasserrose

ich kreise
um dich

In der Schöpfung ist zutiefst *alles* Liebe! (Was nicht Liebe ist, ist überflüssig und darf gemieden, sogar heftig abgelehnt werden.)

Schön, beglückend sind die «Inseln» mit Marco; seine Umarmung heute bei der Bootsvermietung trägt mich weit ...

Auch zu sehen, wie Marcel, wenn auch noch sehr zage, Lebenssicherheit gewinnt, ist wunderschön zu erleben.

Ich wünsche Dir, Seinsphilosoph, herzlich nur Gutes.

Grüssestens

Paul

Lieber Ludwig

Die neue Bekanntschaft heisst H. S., ich schmetterte ihm eine sehr scharfe Replik zu. Sein indisches Gesülze machte mich rasend. Fähnchenschwenkend den Swami erwartend, das ist für mich Klamauk, Hokuspokus, Wischiwaschi. Ich konterte sehr scharf.

Ich gab ihm den Laufpass.

Mehr dazu zu sagen, mag ich jetzt nicht.

Ich fahre gut, mich auf mich zu konzentrieren.

Paul

✿

../gedankenSPRUNG
      kesselpaukig
           in der /.
           unfassbaren Stunde
           die brennt..BRENNT
                und dann
    ganz // anders
               das
                   fisch-
                grätige Wort
befernt
      : nicht betastbar
    verloren
           zwischen uns

           pg

✿

Jeremiaden

Lieber Ludwig

Albert schickte mir ein paar Fotos von seinem 70.
Geburtstag, es interessierte mich sehr. Er macht mir einen
guten Eindruck.

*

Nur **gedichteschreibend** (und Mozart hörend, Liebe-
voll) kann ich leben.

Um die achte Sinfonie
von Bruckner
zu hören
reise ich
in den Orionnebel

Wie Krähen
hocken
die Jeremiaden
im Baum
während ich
in meiner Stube
das Psychogramm
des Universums
entwerfe

Deine Augen
dunkle Trauben
Moos
das Wort

Wie ferne Gongschläge
wiegen sich
Sumpfdotterblumen
im Traum

Sancta Maria
in Mozarts
Litaniae Lauretanae
gehört zu haben
ermöglicht mir
weiterzuleben

*

Dass Du fürs vierte Briefe-Buch an Dich den Titel
«Zackenbarschiaden» gefunden und mir vorgeschlagen
hast, ist absolut der Hammer! Ich bin Dir für diesen
Geniestreich äusserst dankbar. – Ich werde in den
nächsten Monaten alle vier Briefbände (gut 900 Seiten)
nochmals lesen, will schauen, was dieser Schriftsteller
P.G. drauf hat …

*

Dieses Wochenende bin ich bei Marco, bringe ihm zwei
Bilderrahmen mit ihm gewidmeten Gedichten. (Er hat am
Dienstag, 22. Februar, Geburtstag.)

*

LIEBE, SCHÖNHEIT, HARMONIE sind die absoluten Grundpfeiler meines Lebens. Ich reagiere verängstigt, wenn das eingeschränkt wird.

*

Marcels Uhren ticken immer noch anders, wenn sie überhaupt ticken … Doch es ist bewegend zu erleben, wie sehr sich Marcel aufs Gute, aufs Leben hin entwickelt; er ist sehr reifer und selbstständiger geworden. Das ist eine meiner grössten Freude!

Er kommt mir wie eine sehr wertvolle Violine vor, die einen wunderbaren Ton hat, doch man muss aufpassen, dass sie nicht sehr rasch verstimmt ist.

Durch ihn – mit ihm – bin ich auch reifer geworden. Ich danke dem Leben, dass Marcel DA ist.

*

Mir kommt jede Stunde als Geheimnis vor, ich finde das so schön. Es ist mir längst nichts mehr selbstverständlich. Im Kleinsten zeigt sich unerwartet Grosses, so dass ich vor Staunen ganz überwältigt bin. Das Gross-dimensionierte finde ich beglückend im Kleinen. Was «gross» ist und was «klein» ist, ist ununterscheidbar *aufgehoben* im Atem des Lebens. Was für ein Glück!

*

Lieber Ludwig, ich wünsche Dir von Herzen einen guten, schönen neuen Tag.

Ich grüsse mit Tränen der Lebensfreude!

Dein Paul

Lieber Ludwig

«Cembalosilbrig im Wind» beginnt gedichteverwuchert
sich auszuwachsen: herrlich! Ich bin so glücklich, dass
ich auf eine neue Wortquelle gestossen bin: sie belebt
mich sehr.

Obwohl mein konkretes Leben sehr oft schwierig
geworden ist, erlebe ich eine rauschhafte schöpferische
Phase. Hat irgendwie auch mit dem geliebten Marco, der
mich auch liebt, zu tun. Ich war heute wieder bei ihm.
Jeder Augenblick mit ihm ist wunderbar.

Herzlich grüsst in diesen Samstagabend hinein

der Lyriker Paul

Die Klangblüte
    öffnet sich
        himmelwärts
nun ists auf diesem Planeten
schön
WIE IN EINEM ORGELGEHÄUS

Zaubermächtige
auseinanderstiebende Sonnen
in Rossinis Ouvertüren
WAHNSINNSZIRPELNDE ARIEN
glühendroter Wein

Kometen rasen
in den Arterien
Waldsternmieren
blühen in deinen Augen
der Silbersalmler
zupft die Gitarre
auf deiner Zunge
    Wolken bemalen
    wie Tusche
    deine Stirn
JA DU BISTS

Die weiten Bögen
des Denkens Fühlens Liebens
wölben sich
INS UNENDLICHE
IN DIR

Auf der Lotossäule
baut sich eine Goldmeise
ihr Nest
    im Schallkasten
    der Lyra
        erwacht Liebe

Lieber Ludwig

Ich habe in den letzten drei Tagen viele, viele Stunden an
meinen Liebesgedichten gearbeitet, geschliffen, gekürzt,
Gedichte verworfen, neue Gedichte eingefügt, die

Kapiteltitel um- und umgestürzt, jetzt habe ich das Gefühl, dass alles stimmt, wie ich es möchte und kann.

Den Haupttitel habe ich mindestens viermal geändert, verworfen, neu erfunden. Doch jetzt wird es richtig sein. Doch den verrate ich erst, wenn er die Inkubationszeit des Prüfens und Abwägens überstanden hat.

Inkubation war in der Antike der rituelle Schlaf im Tempel, um Heilung oder Belehrung durch den Gott zu erfahren. Dieser Titel muss auch in meinem Traum erscheinen, sonst verwerfe ich ihn nochmals. Ich muss also noch darüber schlafen. Im Traum wird entschieden und nicht im Wachsein.

Herzliche Grüsse

Paul

Lieber Ludwig

Ich freue mich sehr, dass nun Dein neues Buch da ist!

Hier ein lyrisches Nachtgrüsslein

vom Paul

Ich tanze mit dir
im Licht
   im Wind
      im Regen
AUF DEN WELLEN
DES MEERS
IN DIR

Hörst du
den Rhabarber
an der Wolga
singen?
   er singt allein
   für dich

Sterne zerklirren
   ein bärtiger Riesenkarpfen
   hält sich für Buddha
     wir schauen uns an
     und lachen

Ars musica
Ars poetica
findest du
in meinem Lustbrevier
IN DER FLAMMENDEN HANDSCHRIFT
DER NACHT

Eine wogende See
deine Augen
sphärisch dein Atem
in den Fernen
des Marimbaphons

             pg

Lieber Ludwig

Ich höre Belcanto (Rossini, «Bianca e Faliero»), rauche
meine Plinius`sche Pfeife, trinke einen Rotwein, saftig,

würzig, weich und rund mit Erdbeer-, Waldbeeren- und Kirschenaromen, wunderbar süsslich und *elyseisch* – ich glaube, Du runzelst nun die Stirn nicht, wenn ich «elyseisch» auf ein Weinchen beziehe, schmunzelst einfach, ja? Du kennst ja den Zackenbarschlyriker.

Hast Du auch Momente, wo Du entspannt <u>genussvoll</u> lebst? (Etwas fern vom Geist.) s`Läbe umfasst halt auch solche Herrlichkeiten, sage ich. Wein, Musik, Dichtung, Malerei, Pfeifenräuchelndes, Beinhochlagerndes für mich.

Das ist gar nicht so «Geist-fern». Der Geist meint es gut für den Menschen, und der Mensch besteht nicht nur aus Gedanken …, sondern auch aus Gefühl, Wohlbefinden, Mitsichimeinklangsein. Der Göttin Aphrodite huldigend.

Gott hasst uns Menschen nicht, er lässt uns leben, so wie wir sind, wie er nicht verhindern konnte, dass wir seien, wie es nun der Fall ist.

(Das ist doch auch *eine* Erkenntnis, auch wenn es andere geben darf.)

Doch anstatt «philosophisch» radezubrechen, ist es entzückender, Gedichte wie Mücken schwirrlen zu lassen, ist überzeugender.

Ich wünsche Dir eine gute Nacht.

Härzligg! Paul

Danke für die rote Zora, so schön!

Lieber Ludwig

Ich liebe Natsume Sôseki sehr! («Kokoro», «Ich der Kater».) Jetzt lese ich seinen Künstlerroman «Kusamakura» nochmals, unter dem Titel «Das Graskissen-Buch» deutsch publiziert. Erzählt wird die Geschichte eines Malers, «der dem hektischen Leben in der Grossstadt entflieht, um sich in unberührter Natur Reflexionen über das Schöne, die Kunst und sein Malen hinzugeben. Dabei begegnet er Onami, einer geheimnisvollen, betörenden jungen Frau …» (ich folgte dem Text auf dem Buchrücken). Ein Buch, das mich sehr ergreift.

Heute schrieb ich einige Gedichte, ich hänge ein paar diesem Brief an.

Ich habe grosse Sehnsucht nach Marco.

Liebste Grüsse vom Bodensee ins Fürstenland.

Paul

Deine Brüste
zwei Moorbeeren
    im Sternhaufen
        im Sonnenkulminationspunkt
        der Lust

SATURNRINGE
UM DIE HÜFTE
das Lachen
    aufsteigend
        aus dem Milchstrassenkern

182

Tanzende Hände
auf dem Körper
ein Schellentamburin

Der weisse Spinnenstängel
und das schwarze Bilsenkraut
umarmen sich
IM INTERVALL DER EKSTASE
fortissimo possibile

Du in den Wolken
im Atem des Winds
meerüber

Für Abi

Rot die Sonne
wie sizilianischer Wein

Dein Körper
Portal der Kapelle
St-Michel in Le Puy

Ineinander
zu strömen
wenn alles
scheitert
Ja zu sagen

*

Der Mosaikfadenfisch
spielt
auf der Viola da Gamba
eine Liebesmelodie
für dich

*

Sich zu kostümieren
nachtzunacktsein
ich habe gewählt

*

Ich küsse
deine schrundige Hand
bleibe bei dir

*

Lieber Ludwig

Dass mir meine Gedichtelchen immer wieder zu Liebesgedichten finden, kann und will ich einfach nicht verhindern. Ich bin **d e r** Liebeslyriker, das ist mal halt so. Mein Leben ist nicht denkbar ohne Liebe. Zählt Liebe nicht mehr als Geist?

LIEBESLEBEN LIEBESGEIST LIEBESGOTT LIEBESSEIN

«Moral», die nicht liebestrunken ist, ist Firlefanz, Papierschlangengirlanden, interessiert mich nicht. Das Backbordlicht meines Lebens heisst immer LIEBE.

(Davon singt meine beste Lyrik.) In der Kalligrafie der
Lust. In den Illuminationen des Universums. In den
Wunderlichkeiten des Nebels über dem zerstäubten
Wasser des Meers, des Traums.

Paul

Beispielsweise
     wenn
der Himmel zu bunten Scherben
         ver/.fiele
      REGEN::TROPFEN
   wie Glocken läuteten
   //= Geister in Luft..ballonen
      IRRselig sängen
der .//Orinoco verträumt
      durch den Körper strömte ::–
Küstenschlamm eine ODE
        ANS LEBEN würde
   wenn
der provenzalische Wein
      einen Sonnenschirm bräuchte
  in der Pfeife
   sich Steppen und Wanderdünen
   ein glühendes Stelldichein gäben
Liebesträume Zeit/losigkeit um-fluteten
   DER WIND
   Farben der Seen und der Erde
      in alle Welt schickten
alles bedingungslos URSACHLOS
einfach weil Leben
     //immer// das
   ganze Leben ist

       pg

Lieber Ludwig

Es kann sein, dass ich mit dem obigen Gedicht meinen neusten Lyrikband abschliesse. Es ist mir so, als hätte ich «diese Lyrikart» ausgeschöpft. Es ist ein verwunderlicher neuer Zackenbarsch, ich bin glücklich, dass mir alles so glückte, wie es nun dasteht.

Ich baute auch locker ein paar versale, kursive 16-Punkt-Poesieschnipsel ein, das sind keine Titel, sondern glühende (denkerische) Hauptblutbahnen, Bojen.

Der Gesamttitel heisst *«Milchstrassenstaub das unbekannte Zeitmass. Gedichte»;* «Milchstrassenstaub» kommt ostinato leitmotivisch mehrmals vor. Ich glaube, thematisch, sprachlich, formal ist dieses Werk sehr vielfältig in einer *Einheit* (m)einer Lebensfülle; der Gesamtgestus (huch, was das auch wäre) ist ganz gisischer AUSDRUCK, himmelstürmend dem Kleinen liebend zugeneigt.

Ich werde in den nächsten Nächten Retraite, strenge Exerzitien zu meinem «Milchstrassenstaub» machen. (Es kann sein, dass ich noch wenige Gedichte einfüge.)

Doch bis jetzt ist die Word-Datei bereits picobello fixfertig: herrligg! (Ich habe klugerweise auch eine Sicherungskopie auf einem Stick.)

Mit meiner Gesundheit scheint noch etwas Grösseres dazusein, querzuliegen, es lässt sich bald nicht mehr «überspielen» (ein Wort von Dir), doch ich mag nicht davon reden. Ich bin zurzeit kaum beunruhigt, ich bin bald feuererhärtet, ein bisschen fatalistisch, nehme vieles im Gleichmut hin. (Meine Leidenschaften sind natürlich nicht kleiner geworden!)

Ich habe Dir einige neuste Gedichte nachts nicht mehr geschickt, da meine Kräfte nicht mehr reichten oder ich sah, dass ich sie noch überarbeiten muss. Doch Du wirst ja dann als mein Freund und Verleger das Gesamt einsehen können.

Ich bin glücklich, dass Du mir das für BoD machst.

Zum Layout: nur 1 Gedicht auf einer Seite, gefällt mir nicht mehr so richtig; manchmal haben 2 Gedichte auf einer Seite keinen Platz (besonders gegen den Schluss hin, da die Gedichte etwas «länger» geworden sind), so denke ich mir, die Gedichte in den fünf Kapiteln wiederum einfach «fortlaufend» bringen, da müsstest Du auf die Seitenumbrüche auch nicht achten, «unglückliche» Seitenübergänge möchte ich gern selbst verbessernd beeinflussen. (Da komme ich schon draus.)

Doch ich nehme dann zu gegebener Zeit Deine Ratschläge gern entgegen.

Zurzeit arbeitet, rumort mein innerer schöpferischer lyrischer Geist (oder was auch immer) bereits in andern Welten, die wiederum ganz anders als der «Milchstrassenstaub» wird; eher wortkarge «Sentenzen» in der Balance von geistiger Erkenntnis und im Sinnbezirk der Schöpfung, der Geschöpfe. Das *geistige* «Leitgewebe» ist mir nur im Weinglas von Dionysos lyrisch von Belang. In diesem existenziellen Balanceakt der Liebe bin ich zu finden.

Ich SINGE den Menschen, den Leib und den Geist des Menschen, Fische und Lurche, Kriechtiere und Vögel. «Und Gott sah alles, was er gemacht hatte, und siehe es war sehr gut.» (Genesis 1, 31)

Da liegt keine Religion mit ihren Dogmen und «Autoritäten» auf meiner Lebenslinie. Es ist so herrlich, F R E I zu sein in den Gedanken, in den Liebeszuneigungen, in den Verwerfungen. Weshalb sollte ein Mensch *ausserhalb* von mir sich einzubilden bemüssigt fühlen, zu sagen, was für mich «richtig» und «falsch» ist – mein Lebensziel setze ich mir selbst. Das ganze Leben ist IN MIR. Was «ausserhalb» von mir sich auftürmt, begutachte ich – und akzeptiere es oder lehne es ab. Voilà. Da frage ich niemanden, ausser mich selbst. Juhui.

Jetzt sah ich Marco anderthalb Wochen nicht mehr, doch ich bin kein bisschen beunruhigt; letzthin bei ihm umarmte er mich innig und sagte: «Paul, ich kann halt nicht so oft schreiben wie du, doch hab niemals Angst, ich liebe dich, verlasse dich nie.» Sein Wort zählt! Bald sehen wir uns ja wieder …

Seine Freundin Bettina, mit der er zusammenlebt, Marco spricht nur von seinem «Schatz», sah ich monatelang noch *nie*. Da «verbirgt» sich eine «Seltsamkeit», die ich nicht aufschlüsseln kann. Ich nehme hoffend an, das wird sich bald «lösen». Ich nehme es ruhig.

Letzthin ging ich früh zu Bett. Ich war sooo müde. Jetzt bessert es gottseidank wieder.

Ich höre Verdi, «Attila». Diese Oper schäumt mich auf.

Zu Marcel gäbe es auch viel zu berichten. Alles in allem ists viel besser, auch wenn nichts gesichert ist. Doch ich bin dankbar, dass Marcel und ich es zuweilen gut haben. (Auch wenn es flackert.) Henu.

DAS LEBEN IST SCHÖN. So meine ich.

Wie geht es Dir, Ludwig? Bist Du schöpferisch und wohlauf?

Ich grüsse Dich ganz herzlich, dankbar.

Dein Paul

Lieber Ludwig

Korrigierenderweise komme ich tiefer in einen Textkorpus hinein wie nur lesend. Es freut mich sehr, Dein neues Buch korrigieren zu dürfen. Ich gebe mir sehr Mühe. Dein Buch hat es absolut verdient, sprachtechnisch sehr gut daherzukommen. Die herrliche Einmaligkeit des Inhalts ist durch Dich wunderbar gegeben.

Ein paar wenige Wörter, die nicht im Duden stehen, habe ich nicht angezeichnet, ich respektiere Deine ureigene Sprachmächtigkeit. Alles nach Duden gestylt, tue ich Deiner Sprachindividualität nicht an.

Schon jetzt stelle ich fest, dass Du im Sprachformalen Riesenfortschritte gemacht hast, dadurch wird meine Korrekturarbeit erleichtert.

*

Ich war am Donnerstag eine Stunde lang unterm Chirurgenmesser, es war alles doch nicht so harmlos, wie mir suggeriert wurde (ich wusste das natürlich). Es war auf dem Rücken ein Geschwür eines weissen Hautkrebses, wurde mir gesagt; die Laborberichte werden kommen – und dann kann es anders tönen.

Danach erholte ich mich mit Mozart, Wein, Pfeife, Gedichte von Pablo Neruda lesend, an Marco denkend. (Gedichte schrieb ich seit zwei Wochen nur ganz wenige.)

Wenn ich Marco treffe, umarmt er mich herzlich; zwischendurch schreibt er mir fast so etwas wie Liebesbriefe. Er ist ein wunderbarer Mensch, ein JUWEL. Gotteidank habe ich ihn. Er ist sehr «erdverbunden», doch ich sehe seine «Fragilität» auch. Ich liebe, liebe ihn sehr. (Er ist kein «Titan», sondern äusserst menschlich sensibel, mit weitem Herzen verwundernd fein auf alles reagierend).

Sagte ich es schon?: er ist ein «Erdgeist», ich bin ein «Luftgeist» (wie eine Libelle), doch wir strömen unendlich sanft ineinander.

Bei mir ist jetzt alles meiner Rückenwunde wegen arg verblutet, Fauteuils, Frottees, T-Shirts usw. Der Kompressverband hielt keine anderthalb Stunden. Ich werde mein Bett mit Blut besudeln. Die Medizin ist weit fortgeschritten, doch einen Kompressverband zu machen, versteht keiner mehr. Bravo! Marcel hat notdürftig gepflastert. Der Blutverlust war, ist grösser als erwartet. Mein Puls sank gefährlich in den Keller, der Blutdruck stieg in Gefahrenzonen des Estrichs. Ich bekam in der Praxis ein Glas Wasser und Traubenzucker, weil ich torkelte.

Eine eher kleinere Operation wie diese meistere ich nur noch flackernd (eine grössere bedeutete mein Aus.)

Henu, wie ein Seemann, hollahoo. Die Fahrt geht weiter. (Wie lange noch? Egal.)

Ich hänge nicht mehr sehr am Leben, das ich dennoch liebe, aber ich hänge an Marco. Mit ihm möchte ich noch etwas leben. Er ist so herrlich!

Ich wurde in meinem Leben viel geliebt, noch viel mehr habe ich geliebt, das ist halt mein Temperament. Mit Marco ist Lieben und Geliebtwerden in einer wunderschönen Balance, wie ich sie so noch niemals sonst erlebte. Ohne jeden Überschwang, sondern ELEMENTAR. Einfach ineinanderströmend – und immer wieder befreit lachend. So schön!

Und er nimmt meine Hand und sagt, du, ich fahre dich mit meinem Tandem nach Hause, doch ich winke ab und schwinge mich aufs Velo und radle durch die Nacht zu mir. (Sehe oft kaum was, mein Velolicht ist prekär, doch was solls, ich SINGE voll von Marco.)

Ich lebe intensiv, als obs mein letzter Sommer wäre. (Kennst du Hermann Hesses «Klingsors letzter Sommer»?) Ich nehme an: ja. Ich will dies wiederum lesen, ich befürchte, ich habe vieles vergesssen.

*

Jetzt lese ich wiederum Paul Léautauds Roman «Der kleine Freund oder Leichtfertige Erinnerungen». Ich bin sehr, sehr entzückt. Auf der Buchrückseite steht: «Paul Léautaud, Liebhaber des Frivolen und Koketten, schrieb in seinem Debutroman über die Pariser Halbwelt der Theaterleute, kleinen Gauner und immer wieder über Prostituierte, seine Freundinnen.» Ich mag dieses Buch sehr, EIN FEST.

TAGEBÜCHER und BRIEFE sind oftmals das Beste in der Literatur, denkt der Zackenbarsch.

Tagebücher von Henri Frédéric Amiel, Friedrich Hebbel, Franz Kafka, Anais Nin, Julien Green, André Gide, (jene von Thomas Mann kenne ich nicht, jene von Max Frisch auch nicht), Jean-Paul Sartre, Jules Renard, Edmond & Jules de Goncourt, F. M. Dostojewski, Charles Baudelaire, Heimito von Doderer, Robert Musil, Simone Weil, Thomas Merton, Lord Byron, Theodor Fontane, Georges Simenon – um nur jene zu nennen, die mir zuerst und spontan einfielen und die für mich einen grossen Stellenwert haben (ich strebte im Aufzählen keine Vollständigkeit an). Auch J. R. von Salis` «Notizen eines Müssiggängers» sind Tagebücher. Und auch Jean Genets «Tagebuch eines Diebes» dürfte da figurieren.

Ich zähle jetzt die Briefschreiber nicht auf, die ich las, es ginge in viele, viele Dutzende (besonders Henry Miller, Boris Pasternak, Flaubert, George Sand und viele, viele, sehr viele andere)!

((Paul Gisi kann vermutlich auch zu den grossen Briefschreibern gezählt werden.))

*

Grosse Literatur kann nur *autobiografisch* sein, sonst ist sie in Gefahr, Werbetexte für eine irgendwelche gesellschaftliche Dummheit zu sein.

*

Mich in vielem irren zu können, gefällt mir sehr. Doch ich irre mich nicht in der Liebe ...

*

Am Montag schicke ich Dir das erste korrigierte Konvolut zurück. Dass Du bereits das Rückantwortkuvert adressiert und frankiert hast, ist ein schönes Entgegenkommen, eine sehr feine Geste. Danke.

*

Zum Inhalt Deines neuen Buchs kann ich nur sagen: nochmals ein potenzierter Weibel, sehr gut. Mit dem Geist gibt es vielfach nichts zu begreifen, doch die Seele schwingt nachvollziehend mit, manchmal beglückt, dann wieder einfach staunend, dass das *so* möglich ist. Alles in allem sehe ich bis jetzt, dass alles noch koordinierter in sich stimmig ist, wunderschön konzis und gleichzeitig wunderschön arabeskenhaft in den vielen Variationen Deines Seinsgewebes. Ich bin sehr beeindruckt.

*

Wir stürzen zusammen

ineinanderstürzt
Wein mit Wind
    mit galaktischen Flammen

handinhand mit dir

Quizfrage: Wie heisst der Lyriker, der dieses Gedicht schrieb?

*

Wenn ich Dein esoterisches Riesenwerk überblicke (als ob das möglich wäre!), wird mein Staunen grenzenlos.

Deine «Diktate» sind nicht zu interpretieren, da bist Du wie ein erratischer Felsblock, unerklärbar, wie er dahinkam, wo er jetzt ist ...

Dazu gesellen sich Deine vielhundert Pendelbildergrafiken, die, es könnte ja sein, noch mehr Weltgeltung beanspruchen dürfen, so denke ich manchmal.

Du bist ein Phänomen, Welt und Mensch, Dasein und Geist erhellend, absolut bewunderungswürdig, erstaunlich, einzigartig. Du nimmst die Erscheinungsformen des Menschen nur im Hinblick auf eine grössere Seins-«Wahrheit» an. Und das alles – mindestens für mich – mit einer FANTASIE, die mich beglückt.

Der Reichtum der FANTASIE – wie in den Sinfonien Mozarts – ist für mich in der Kunst und im Denken das Hauptagens, die wirkende Weltalldimension, die grosse Immanenz schlechthin, das libellenähnliche Innewohnende des Grenzenlosen.

Lieber Lu, ich wünsche Dir ganz herzlich ein gutes Wochenende, hoffentlich mir mehr Wärme, mehr Sonne als in den letzten blamablen «Sommer»-Tagen.

Ich möchte bei Marcos Grillabend in seinem Garten demnächst nicht frieren.

Salü, salü, Du.

Herzlich, lieb grüsst Dein Paul

ZU SEHEN
respirieren
LAUB./.Gehölziges
die Gehlinie
verlassen
auf den Rosmarin hin
es der SCHNIRKELSCHNECKE
GLEICH://: zu tun
auf dem Weg – zu Cassiopeia
zuvor die Synkopen übend
//:: rhythmisch ver-schoben
das fremde ICHBINDU

Wirklichkeiten (im Plural!) erkunden wie eine Eidechse unter einem Efeublatt, eine Kantilene von Mozart, wie Theseus mit einer Schlange ringen, wie Bacchus lachen, hoffärtige gravitätische Honoratioren hoppnehmen lassen, mit individuellem Widerstand gegen Konventionen und windaufgefrischter Unvernunft KUNST schaffen: es lebe die grenzenlose Freiheit. Das «Bravsein» darf den Dilettanten überlassen bleiben. Die Endivie mit schmalen, krausen, zerschlitzten, ganzrandigen Blättern braucht keinen Fernsehstarkoch in einer dümmlich dümpelnden Unterhaltungsshow, **ist** Wüstensandsturm. Da gibt es nichts rumzu-psychologisieren, rumzuphilosophieren, rumzuinter-pretieren. Das Sein in den Farbnuancen der Schlehe, der Brombeere, in den Pfaffenhütchen, der Kornelkirche ist für den Künstler Geist und GESANG, Abgrund und Aufschwung genug.

Man muss das Leben WEIT, SEHR WEIT fassen, auffassen in den Kapillaren des Weltalls, in den Relikten der Traumtrümmer, im Schwelbrand der Nacht, dann ist alles *offen* für die Gestaltungen der Verwandlung, vielleicht etwas manisch, doch bestimmt auch vogelleicht. Gott als Fangheuschrecke, da muss es Dich, Ludwig, nicht kräuseln, das ist *dichterisch* gesagt. Und im Dichterischen darf Wahn sein. In der besten aller Künste – in der indigoblauen Unvernunft – verbirgt sich ein Gran Wahn.

Meine Gedanken beziehungsweise meine Gedanken-vernetzungen, -verknüpfungen sind sehr ungewohnt, das müssen sie auch sein! (Sonst könnte ich einen Leitfaden schreiben, wie man Schuhe besohlt.)

Längst bekannte Aussagen sind inflationär, wertlos. Es gilt, neue *Einheiten,* Formumrissenheiten, Holüberrufe, Lerchenjubilierendes, existenziell in Mneme Betref-fendes einzutauchen, Retrogrades aufzusuchen, s Läbe isch so schön, wenn man es nur ganz lebt.

UND ZU LIEBEN! Liebe ist nichts rührsäuselndes Salonfähiges, sie ist eine URGEWALT, ein taumelndes Erschrecken, eine Apoplexie, eine Parapsis, ein schwarzes Loch, ein Mondgestein, ein Seeskorpion.

(Da sind eigentlich noch fast alle Menschen der Gegenwart geistig gesehen im Kindergarten stecken geblieben, denken wie Tante Emma oder Onkel Alois. Da krümme ich mich vor Lachen.)

Paul der Zackenbarsch

Lieber Ludwig

Helligkeiten und Dunkelheiten sind in unserer Zeit unentwirrbar verdickicht. Das Atmen ist schwer geworden. Doch auch ich halte daran fest: Es gibt die Räume der Leichtigkeit, des Schönen, der strahlenden

Transparenz, wo Himmel und Atem beseligt ineinanderfliessen.

Deine Bücher entfalten den Geist, Deine Pendelbilder sind vollendete Harmonie, diaphane Immanenz. Wort und Bild als aufstrebendes Geist-Innewohnendes, Lichtgestaltetes.

Dein von Gott eingeflüstertes Gestirn kann nicht untergehen, es wird heller und heller werden. Was für ein Mensch Du bist: Du tust der Menschheit gut. Das ist unersetzbar.

Mein eigentliches Geburtstagsmail kommt heute Sonntag noch.

Nun besucht mich ein Mozart-Streichquartett. Sein Andante KV 478.

«Im Fischauge die Welt» hat ein paar neue Pinselstriche bekommen, das kurrlige Vorwort steht da. Ich bin glücklich, immer wieder Gedichte zu schreiben. Ich bin glücklich mit Marco. Und zu Marcel hin denke, fühle ich nur das Beste, auch wenn das wenig ist. Hoffnung zu haben, auch wenn das schwierig ist.

Ich hoffe, ein paar meiner kleinen Gedichte haben Dein Leben aufgefunden. Und sprechen, singen zu Dir. Das wäre mir ein Glück.

Ein letztes Gedicht, das ich Dir schrieb, hat nun die gültige Fassung:

> In interstellaren
> Verdunkelungen
> einem Schleierkärpfling
> zulächeln

das Weinglas
nachfüllen
nach dem Kuss

Immer wieder Modifizierungen, leichte Wortfarb-
veränderungen zu finden, das ist doch herrlich auf der
Gedicht-Überfahrt, auf der Reise zur letztgültigen Form.
Ich LIEBE LIEBE LIEBE das Gedichteschreiben.

Hör mal auf Youtube Mozarts Streichtrio KV 563: das ist
ein Zipfel des Himmels.

Du, ich wünsche Dir herzlich einen guten sonnigen
Sonntagmorgen.

Freundschaftlich herzlich grüsst der alt gewordene
Zackenbarsch

Paul

Lieber Ludwig

Wir haben beide das neue Jahr *schöpferisch* begonnen,
Du mit Deinen Bildsprüchen, ich einfach mit weiterm
«./.eulen::äugigen» Milchstrassenstaub aus dem unbekannten Zeitmass. Du bist unerreichbar in Deiner Art –
wie ich in meiner.

Ich habe Dir schon viele Gedichte meiner neuen
Schreibart geschickt, Du hast noch auf kein einziges
reagiert. Nun, ich respektiere das, Du dürftest mir ruhig
sagen, dass Du keinen Zugang zu ihnen hast, ich
verstände das. Inhaltlich wie FORMAL sind sie völlig
neu, es gibt nichts Ähnliches. Bon.

Du bist DER Philosoph des Seins, redest auf Tausenden Seiten im Namen Gottes, da kann ich nur echt, existenziell staunen. Du überzeugst. Als Glaubenseifriger bist Du auch etwas intolerant, wenn jemand anders als Du denkst. Abweichungen von Deinem Denken tolerierst Du nicht. Das ist für mich etwas schwierig. Ich anerkenne viele Perspektivenpositionen.

Und dass in der Evolution alles auf DEN GEIST hin sich entwickelt, ist eine Weltsicht, die ich nicht teile. Eine Felsenklapperschlange, ein Labyrinthfisch können mir mehr bedeuten als ein korrupter Mensch. Die Anthroposophie (von Rudolf Steiner) ist meine Sache niemals, man versteht Natur, Geist und menschliche Entwicklung nur, in dem man jedes Lebewesen derart belässt, wie es geschaffen wurde. Auch der Mensch muss nicht Geist werden, sondern MENSCH. Und Mensch beinhaltet ein riesenhaftes Konglomerat an Divergenz, ein Hinwenden an den Geist UND an die Sinnlichkeit.

Kunst ist niemals NUR Geist, sondern immer auch «Sinnenschönheit», wie bei van Gogh.

Ich frage mich, Ludwig, was bei Dir biografisch geschehen ist, dass Du alles auf die **«Geist»**-Karte setzt. Ein SEIN ohne die Riffelungen des Windes, die Meerwellen, des Gaumenkitzels, der Erotik, der elementaren Lust. Mir ist längst aufgefallen: ein LACHEN gibt es in Deinen Büchern nicht. Warum? Es ist alles todernst in Deinen Erbaulichkeiten, in Deinen Belehrungen zum höhern Sein. «Höher» von welchem Bezugspunkt?

Deine Bücher sind für mich wichtig, ich bewundere Deine Unermüdlichkeit. Deine Bücher könnten von niemandem anderem geschrieben sein wie von Dir, auch wenn Du anderes glaubst. Du siehst Dich als Sekretär des

Seins, das ist schön gesagt, auch wenn nicht ganz nachvollziehbar. Du bist ein Botschafter Gottes, eigentlich schon selbst Gott, wie Du redest. Pardon, da bleibe ich in Reserve.

Wie es auch sei oder nicht, ich bewundere Dich. Du deklarierst Dich einwandfrei. Das ist gut. Bei Dir weiss man immer, woran man ist.

Auch ein Gott kann bei mir niemals wie ein Vormund auftreten. Ich entscheide in allen Fällen selbst. Du weisst immer in allen Fällen besser, was dem Menschen gut tut, das mag ich nicht. (Das hat mit Deinem Absolutheitsdenken aus dem 18. Jahrhundert zu tun.)

Du führst dieses Denken nochmals auf einen Höhepunkt, das ist schon imponierend.

Es gibt D I E Wahrheit nicht, sondern nur *Wahrheiten* in tausend Brechungen. Erspähungen, Heronymen, im Präglazialen, Fässerabfüllen des faunsgesichtigen Seins, im Inflammabeln der Nacht. Okkludierend. Wacholderbaumbuschig. Wesenbegrifflich. Empedokleisch an Pausanias.

Ha!

Die Welt ist rund – und OFFEN für alles. Beschränkungen zählen nicht. Das ist doch so toll.

Wie geht es Dir gesundheitlich, lieber Ludwig? Teile Dich mir freundschaftlich offen mit, ich bitte Dich darum.

Herzlich grüsst

Dein Paul der alte Zackenbarsch

Lieber Ludwig

Liebe / scheue / lyrische Anfrage: Machst Du mir in ein paar Monaten meinen nächsten Lyrikband *«Milchstrassenstaub das unbekannte Zeitmass»*?

Ich nahm die seltsamen Prosaminiaturen und die «Sätze» heraus, sie passen nicht dazu. WICHTIG sind mir die Gedichte, das andere kann ruhig den Orkus runterschwimmen …

Bei den Gedichten stellst Du (vergnügt? stirnrunzelnd?) fest, dass ich einen neuen Sound gefunden habe. Der Gestus der Gedichte ist auch formal NEU, denn ich wollte.//.konnte mich keinesfalls wiederholen in irgendeiner Art, ich suchte einen neuen Kontinent – und habe ihn gefunden! Ich ziehe diese sprachliche Eigenwilligkeit künstlerisch durch, ich bin in allem FREI! Das nenne ich echt gisisch, ha.

Ich will mein lyrisches Alterswerk sprachlich wie inhaltlich neu einfärben, formen, gestalten; //: *«wie gehabt»* :// zu schreiben toleriere ich für mich nicht. Auf in neue FERNEN, die erstaunlich nahe sind! Krrrrch! Ich liebe Durchbrüche, das Feuer im Dach, die A-fresco-Malerei der Träume, die geschmeidige Bewegtheit, das grosse überraschende Ensemble des Geists und der Sinne, den Forschungszweig der Seele. Das Bekannte langweilt mich enorm, da gibt es eben nur eines: Unbekanntes zusammenzufügen, Zusammenhänge zu wagen. ZU SEHEN!

Das hier einfach brieflich als flüchtige Notiz tappend hingetippt zu haben. Uff.

Salü, Paul der Zackenbarsch

Lieber Ludwig

Letzte Nacht sank ich um 2 Uhr ins Bett, schlief tief wie ein Ölgötze, um 4 Uhr wachte ich auf, öffnete den Laden und da schien der Vollmond ungemein hell in mein Schlafzimmer. Bei diesem Vollmondlicht schrieb ich dann anderthalb Stunden elf Gedichte, ich war tief versunken in weiten Dimensionen. Heute bei kritischem Verstand sah ich, dass ich kein einziges Gedicht fortwerfen musste, ich konnte alle bis auf ein paar kleine Kürzungen stehen lassen. – Toll das! Nun fehlen mir nur noch wenige Gedichte für den neuen Lyrikband.

«*Im Fischauge die Welt*» hat eine gute Mischung von hochinspirierten Bildern und gedanklich angenäherten Sentenzen, maritimer Fauna und astronomischen Einbeziehungen ins «Weltkaleidoskop» meiner Lyrik.

Von André Breton, dem französischen Dichter, Schriftsteller und wichtigstem Theoretiker des Surrealismus, gibt es einen wenig bekannten Gedichtband, «Poisson soluble», den ich nicht kenne; es wäre interessant für mich, da ein wenig nachzuforschen …

Danke für den Hinweis «blutrünstiger Christe» zu Goethes Erotik.

Ich winke Dir herzlich zu.

Salü

Paul

ICH LIEBE DIE WEITEN DENK- UND WELTERLEBNIS- DIMENSIONEN, VOM AMÖBENHAFTEN RAUMGREIFEND INS UNENDLICHE. pg

Lieber Ludwig

Dein Anerbieten, mir die Foto mit Marco farbig ausdrucken zu lassen, freut mich riesengross. Das ist so toll, entgegenkommend von Dir, ich danke Dir.

Die Freundschaft mit Marco ist ein ergreifender, unaufgeregter grosser breiter Strom. Wir lieben uns.

Das fünfte Kapitel für meinen neuen Gedichtband ist stark ins Stocken geraten, eigentlich versiegt. Doch ich warte existenziell ruhig ab, da ich glaube, die lyrische Regeneration wird sich – noch einmal – einstellen.

Ich kam heute mit einem ältern Herrn ins Gespräch (ich habe seinen Namen vergessen), wir konnten uns gut mitteilen. Er ist stark von Indien (und Yoga) geprägt. Ich gab ihm ein Lyrikbändchen, er wird mir wohl ein Feedback mailen, nehme ich an.

Als ich ihm sagte, ich sei ein passionierter Briefschreiber, erst kürzlich sei ein vierter Band mit Briefen an Ludwig Weibel herausgekommen, sagte er, der wohnt doch in Gossau und ist ein Anthroposoph. Wer weiss, vielleicht kennst Du ihn auch (er war Architekt).

An meinen Namen glaubte er sich auch zu erinnern, doch er wusste nicht in welchem Zusammenhang.

Ich muss sagen, ich habe zurzeit nur wenig geistseelische Kapazität (Energie), um eine neue Bekanntschaft schreibend aufzubauen. Doch gelegentliche Kurzmails hin und her sind durchaus möglich. Warten wir ab. Er sagte auch (ich überhörte das nicht), er lese eigentlich keine Gedichte, doch er will schauen, ob er einen Zugang finden werde. (Ich gab ihm «Tonleiter des Horizonts».)

Jetzt muss ich dann noch zwei grössere Bilderrahmen kaufen (für Marco), das Billett nach St. Gallen ist eben auch einzuberechnen. Dann ist die *Gedichttafelserie* zu Ende. Marco liebt sie sehr, ist stolz darauf. Ich bin so gern bei Marco. Manchmal hat er fast etwas unruhig «Zerfahrenes», doch ich spüre, in meiner Nähe wird er tief ruhig, selbst sein Atem wird gleichmässiger. Es ist einfach schön mit ihm.

Lustig: Ich habe oft ein feierliches «Samstagabendgefühl», auch jetzt wieder an diesem Donnerstagabend …

Liebe Grüsse

von Paul

Lieber Ludwig

Marco ist alles andere als ein Briefschreiber, doch heute schrieb er mir ein längeres SMS, das betört mich existenziell. Er trifft den *einfachen* Tonfall, der in mein Herz sickert.

In den interstellaren
Verschattungen
einem Schleierkärpfling
zulächeln
das Weinglas
nachfüllen
vor dem Kuss

Ich liebe das Leben mit seinen Geschöpfen unbändigbar. Marco liebt meine konkreten dinglich-sinnlichen Gedichte sehr, er findet sie wunderbar wie sonst nichts auf der Welt. Das bei meinem geliebten Freund Marco zu lesen, ist für mich ein unvergleichliches Lebensfest.

Er ist ganz anders als ich strukturiert, doch es fliesst in uns innen ein sich zuwendender Strom, das ist einfach herrlich.

Nun will mich noch sein Schatz Bettina, die ich auch sehr mag, überraschen. Was kann das sein? Wenn ich bei Marco und Bettina bin, werde ich tief ruhig, denn ich bin bei ihnen existenziell akzeptiert, willkommen. Das zu erleben, ist einmalig schön.

Ich «weiss» von Marco noch so vieles nicht, doch ich lasse die immer noch tiefere Annäherung geduldig reifen. Und wenn er mich tief anschaut und einfach «Paul» sagt und meine Hand in seine Hand nimmt, muss ich auch nichts mehr «wissen», darf einfach bei ihm sein, aufgenommen in ihm. Manchmal lege ich meine Hand auf seinen Nacken und sage einfach «Marco», das ist dann für ihn und mich so gut.

Und dann lachen wir miteinander, so habe ich noch nie mit einem andern Menschen gelacht. Da singt die Welt.

Dir liebe Grüsse, Ludwig.

Ganz herzlich grüsst

Paul

Lieber Ludwig

Ich fühle einen unbekannten tiefen Meeresstrom in mir, alles wird mir zu einem erotisch befiederten ver- und enthüllenden Schleiertanz, es ist fantastisch neu, was ich da seeklar erlebe, die Lieblichkeit der Unerbittlichkeit packt mich (Koan-nahe gesagt), wattig, diaphan, druidennahfern, waldsalamandrisch, sternfeurig, adagio-ruhig, wortbepelzt. Inundationen, Überschwemmungen, Überflutungen durch Meere und Flüsse, vom Wind geriffelt, in Nacht gebadet, in irrer Sonne durchglüht. Der Atem kennt keine Gründe, er atmet einfach, ist DA, ursachlos, ziellos, wurzelschlagend, blühend, wissend unwissend.

Wie jung
und schön
du bist
Ewigkeit
im Fischauge
in der Minute
des Grossen Schillerfalters
im Beben des Kusses

Hunger nach dem millionenfachen Leben! Nicht ängstlich nach rechts und links, vorne und hinten schauend, sondern einfach seinsflötend, wie eine

Scharlacheiche an der Mittelmeerküste singen von Luft und Licht, Meerbrandung und Liebe. Vergärung, etwas zu einem andern werden lassen, substanziell, lustberauscht, ekstatisch, struppig, zottelnd, lachend.

Ich wagte es noch nicht, meine *«Zackenbarschiaden»* zu lesen, fast habe ich ein bisschen Angst vor dieser Lektüre. Ist schon verwunderlich, ja?

Ich bin krautig verwuchert mit der Lektüre von Thomas Wolfe und Marcel Jouhandeau und Gaetano Benedetti, dem Psychotherapeuten, mit seinem Buch über Träume.

Jetzt arbeite ich an meinem neuen Lyrikband *«Im Fischauge die Welt»,* habe bereits weit über hundert Gedichte, doch das ist zu wenig! (Es wird noch viele, viele Monate dauern, bis ich ihn als beendet ansehe.) Es wird ein grosser Zirkelschlag meines lyrischen Schaffens, weit ausgreifend, sehr einfach und doch wie ein Schlussbild meines persönlichen «Theaters», eine Apotheose, flammenschlagend, ein Fallwind, verinnerlicht im Staub des Lebens, einhorchend ins Schweigen, impulsiv, karmesinrot, vulkanlateral, auch ein bisschen abgeklärt (hahaa). Und pulsierend sinnlich und bildtrunken (auch wenn ich ein paar Gedanken gestatte, Einzug zu halten)!

Ich wünsche Dir, Lu, von ganzem Herzen freund-schaftlich nur Liebes, Gutes und Schöpferisches.

Liebe Grüsse, Dein Paul

www.zackenbarsch.ch